TASCABILI
BOMPIANI

791

BEST SELLER

Diego Cugia
No

Realizzazione editoriale: ART Servizi Editoriali s.p.a. - Bologna

ISBN 88-452-5153-5

© 2001/2002 RCS Libri S.p.A.
Via Mecenate 91 - 20138 Milano

I edizione Tascabili Bompiani giugno 2002

NO
è dedicato a:

Ernesto Buonaiuti, teologo
Mario Carrara, medico legale
Gaetano De Sanctis, storico
Giorgio Levi della Vida, orientalista
Antonio De Viti de Marco, economista
Giorgio Errera, chimico
Piero Martinetti, filosofo
Bortolo Negrisoli, chirurgo
Edoardo Ruffini Avondo, giurista
Francesco Ruffini, storico e giurista
Lionello Venturi, storico dell'arte
Vito Volterra, matematico

I soli professori universitari,
su circa milleduecento, che nel 1931
si rifiutarono di giurare fedeltà al fascismo
e persero la cattedra.

Un mondo da incubo, in cui il Capo o la cricca al potere controllano non solo il futuro ma il passato. Se il Capo dice di questo o quest'altro fatto: "Non è mai accaduto", bene, non è mai accaduto.

George Orwell, *Looking Back on the Civil War*

Là dove si decapita, dove si cavano gli occhi ai giustiziati, dove si sgozza, dove si fanno torture, dove si uccide a colpi di pietre, dove si alzano le urla degli impalati, queste sono le feste che fanno la vostra gioia, divinità mostruose.

Eschilo, *Eumenidi*

Dov'è il mio ragazzo, il mio ragazzo –
In quale parte del mondo?
Il ragazzo che più di tutti amavo nella scuola? –
Io, la maestra, la vecchia zitella, il vergine cuore
Che di tutti avevo fatto miei figli?

    Edgar Lee Masters, *Antologia di Spoon River*

I

Porto di Antikythera (Grecia)
Domenica 17 Dicembre 2017
20:33. Ora locale

Il gommone bianco di *Cookies* affiancò la banchina con una virata vertiginosa.

Sull'isolotto sbandavano gonfie nuvole viola.

Alexandros spiccò un salto sul molo. Si avvolse nel mantello di scena, una cappa da principe di seta blu e cristalli liquidi. Quando il presentatore l'accese, sul mantello s'illuminarono una cinquantina di minuscoli monitor. Dai principali network satellitari, ricamati sulla seta, proruppero canzoni arabe, bollettini meteorologici inglesi e talk-show slavi.

In questa torre di babele, si levò concitata la voce della GRI, la Grande Rete Interattiva di Atene:

"Finalmente! Principe mi senti, adesso?" Il regista fissò il timer mordendosi le labbra. Segnava solo ventisei primi alla diretta dello show sulle ultime visioni dei morenti.

Alexandros, detto il Principe, riconobbe l'ometto a colori della GRI che si sbracciava su un lembo del mantello, tra il video di un'asta d'immigrati africani alla frontiera italiana e la replica di un famoso striptease di due gemelle siamesi.

"Siamo ad Antikythera", lo rassicurò.

"Era ora, malaka", tirapippe, sbraitò il regista.

"Suck my dick adelfulla putain!" lo zittì Alexandros. Tre lingue: inglese, greco, francese, per un ciucciamelo sorellina.

"Venticinque minuti alla messa in onda. Resta in linea Principe, mi raccomando", l'esortò conciliante il regista.

"Nein, thanks. Devo meditare."

"Non c'è più tempo. Metti che ti riconoscono. Se all'italiana l'avvertono, hai chiuso."

Il presentatore elettrico si spense.

La sua complice posò la telecamera sul molo inzaccherato di schiuma e mucillagini: "Fai yoga tranquillo. Noi scarichiamo il materiale."

Lesbia era una diciannovenne nera dai capelli biondi e i freddi occhi d'uccello. Nata in Madagascar, vissuta a Parigi, specializzata in fotografia alla Sony di Osaka. Nonostante indossasse la tuta bianca di *Cookies* era lo stesso nuda.

Il Principe sedette sul molo nella posizione del loto.

A Lesbia ricordò un attore di fine secolo, Keanu Reeves, del quale aveva visto recentemente *Matrix* alla videoteca di stato greca. S'impose di non svelarglielo perché i grandi detestano essere paragonati a chicchessia. Avrebbe voluto possederlo subito, sul molo fatiscente. Una sera d'agosto se l'era fatto nel retrobottega di un giocattolaio cinese sul Ponte Vecchio, a Firenze, senza provare nulla. Forse perché nel negozio non c'erano bambini.

Il Principe e Lesbia facevano l'amore esclusivamente in onda.

Il divo greco regolò il respiro sul ritmo eterno della risacca. Tentò di compenetrarsi nell'orizzonte notturno. Si sentì escluso dall'Universo. Del passato gli sovvennero solo le vittime, il sesso, l'audience. Immagini che si bruciavano l'una via l'altra senza fare memoria. Seppe di non avere radici e umanità. Ma era uno della Grande Rete.

"Bonne chance, koproskilo", auguri per la trasmissione, bastardo, si disse Alexandros. Sorrise perverso alla danza delle gocce di pioggia sulle sue unghie viola lunghe sette centimetri.

Se le leccò.

La stessa pioggia vischiosa dell'isola avvolgeva l'Europa in una tela di ragno. Le storie degli utenti, da Londra a Istanbul, si incrociavano nella Grande Rete Interattiva, ma quasi nessuno ricordava, da tempo, di essere stato felice.

Sheik non l'aveva mai dimenticato.

"Maestro, potremmo riprendere domani dallo stesso punto?" Sheik, giovane commediografo del Bangladesh, accettò d'interrompere le prove serali della *Professoressa No*, la sua nuova opera concorrente al Festival Internazionale dell'Egeo.

I piccoli attori greci del Teatro Panagoulis uscirono per imbucarsi negli studi clandestini della GRI di

Atene. Non volevano perdersi *Cookies* in diretta. "Lei non la guarda, maestro?" Sheik sorrise distratto.

Rimasto solo in scena, l'autore bengalese corresse l'ultimo dialogo, avvitò il cappuccio della sua gloriosa stilografica, chiuse il copione sul leggio, scese dal palco.

In platea si arrestò soprappensiero. Lanciò un'ultima occhiata alla scenografia. Riproduceva l'interno di una classe italiana della fine del Novecento. Si arrampicò agile sulla ribalta e spostò la lavagna leggermente a destra, come inseguisse un ricordo preciso. Quindi uscì dal teatro e si diresse a piedi alla Porta di Adriano, dove, all'Hotel Parthenon, l'attendeva la sua piccola Speranza, giunta da Parigi tre giorni prima con la baby-sitter cinese.

Alla figlia aveva dato lo stesso nome della sua indimenticabile maestra italiana.

Dalle finestre del quartiere della Plaka, deserto, lo raggiunsero gli echi di uno show religioso della Grande Rete. Le luci degli schermi casalinghi rifrangevano sulla strada lugubre.

Sheik, per evitare le pozzanghere, si spostò al centro della carreggiata.

A un incrocio, un risciò traballante e velocissimo gli tagliò la strada rischiando d'investirlo. Il conduttore del risciò si volse a guardarlo con un sorriso indefinibile. Era un ragazzetto bruno dal volto scarno, ritto sui pedali con un cappello di paglia e la maglietta bucata. Sheik riconobbe se stesso, a Dacca, in Bangladesh, perennemente a caccia di clienti nei quartieri turistici, poco prima di emigrare in Italia.

"Tu sei Dio, io sono Dio. Noi siamo Dio!" tuonò la voce del predicatore alle finestre. Dal cielo discese un turbine d'applausi. Quando Sheik abbassò lo sguardo, il risciò era scomparso, ma gli parve di udirne in lontananza il cigolio dei pedali e il fracasso sferragliante del carrozzino.

Antikythera, isolotto trascurato dalle rotte turistiche, contava centosessantanove abitanti, un caffè, un ufficio postale, una guardia. Il Principe e la troupe si lasciarono alle spalle il paesino di Potamos e proseguirono verso la casa del faro senza incrociare nessuno.

"Sai almeno da chi andiamo?" gli chiese Lesbia.

"Da un'italiana. Una specie di maestra in esilio o minchiate del genere." Sentì un coro di bambini a ricreazione. Erano gabbiani neri.

"La redazione non ti ha inviato il profilo?"

"Se lo scopro adesso, dopo non mi diverto, Mounaki." La chiamava sempre così, fighetta, ma anche Mouni: italo-greco da porto. Lesbia ne era lusingata come di una rosa.

"Dopo lo svenimento ci siete voi", avvertì la GRI di Atene. Il presentatore elettrico si oscurò il volto col mantello, contò i monitor con l'unghia smisurata fino a trovare quello giusto:

"Chi deve svenire, francobollo?"

Il regista gli ricordò che il predicatore sveniva a ogni finale di puntata. "Non li vedi i programmi degli altri?"

"Mai", rispose il Principe. "Non ho mai capito bene chi siano gli altri."
Lesbia imbracciò la telecamera.
Al Principe sembrò un angelo armato.
Entrambi avevano corpi crudeli come solo la bellezza può esserlo.

"Senza memoria storica anche il futuro non avrà più senso", proseguì il predicatore con voce stridula. "Sarà la sconfitta di ogni speranza. Credete davvero che Dio ci abbia creato per vivere in un eterno show?" Incominciò a tremare visibilmente.
"Non puoi svenire adesso", gli sibilò il regista nell'auricolare. "Quelli di *Cookies* non sono ancora pronti."
Il predicatore cadde in ginocchio.
Quando si rialzò, dopo un'eterna pausa estatica, disse:
"Parlerò ancora con Dio, ma solo dopo la pubblicità."

Il teatro sotterraneo della Grande Rete greca, un garage abbandonato al 266 di Via Vouliagmenis, era gremito dalla feccia d'Atene.
Nell'aria stantia di muffa, sudori e acidi, quasi nessuno dei trecento privilegiati dava corda al predicatore sul palco. Soltanto gli attori ragazzini del vicino Teatro Panagoulis non se ne perdevano una battuta e mimavano invaghiti la consumata recitazione dello showman in sandali e saio.
Lunghe code di scommettitori si stavano già formando davanti ai gabbiotti degli allibratori, ancora a serrande abbassate. Falchi e colombe schiamazzava-

no sul verdetto popolare dell'ultima puntata che, decretando la morte del protagonista, aveva scombussolato i pronostici innocentisti.

Alle venti e cinquantotto, il servizio d'ordine sbarrò gli accessi ai tre portoni corazzati sulla strada, presidiata da gorilla armati in doppiopetto rosso.

Ogni puntata di *Cookies* era irradiata da una nazione diversa, l'indirizzo telematico si camuffava come un virus, ma una raffica di banners pubblicitari mirati ne garantivano la visione a un pubblico sempre più avido di emozioni estreme.

Alle ventuno in punto il predicatore svenne.

Sul megaschermo giganteggiò il Principe, occhi chiusi, intabarrato nel mantello spento. Il giovane imperatore della Grande Rete si ergeva sulle misteriose rovine di un insediamento bizantino.

La regia alternò quest'inquadratura con le sequenze agli infrarossi della seconda unità di *Cookies*: immagini rubate della casa del faro, scorci d'esterni girati da azione di guerriglia.

In milioni di famiglie si scatenò una ridda d'ipotesi. Chi azzeccava che il Principe era sbarcato sull'isola di Antikythera avrebbe partecipato all'estrazione del jackpot da mezzo milione di dollari.

"Posso vedere *Cookies*?"

Sheik negò con tenerezza continuando a scrivere.

La bambina in pigiama mise il broncio e si rovesciò sul divano a pancia sotto. Blanca Li, la baby-sitter, la sollevò per i piedi. Nella suite dell'Hotel Parthenon di Atene, le risa infantili di Speranza e della cinesina sovrastarono gli applausi registrati.

Sullo schermo alla parete del salotto si dipinse il mitico vassoio d'argento di biscotti con la siringa posata sopra e il titolo rosso sangue: *Cookies, vivi o muori.*

"Quando torniamo a Parigi, Blanca Li?"

"Dopo che saremo andate a teatro a vedere la commedia del tuo papà. Non ti piace la Grecia?"

"Sì", rispose la bambina. "No", cambiò idea.

"Adesso corri a dargli la buonanotte."

Speranza, cinque anni, trotterellò alla scrivania. Era una parigina del Bangladesh dai capelli corvini e gli occhi verdi incandescenti. Gli sfilò l'inseparabile stilografica dal pugno: "Perché usi questa?"

Sheik la prese sulle ginocchia.

Lei subito si protese sul computer.

"Se devi pensare scrivi con la penna", le rispose il padre. "Se smetti di pensare scrivi al computer."

La bambina annuì poco convinta: "No", decise. Poi agguantò il primo foglio della risma ancora fresco d'inchiostro.

"Perché tu non lavori per la Grande Rete?"

"Sto scrivendo un libro su Dacca, la città del papà. Il diario di un piccolo conduttore di risciò", rispose Sheik pervaso da un'angoscia improvvisa.

Speranza scrutò in controluce le macchie delle cancellature. "Un libro con tutte le parole che si vedono?"

Suo padre le soffiò in un orecchio. Speranza rise dal solletico. "I libri non si vedono, si leggono", le spiegò. "Dopo aver letto una pagina, se chiuderai gli occhi, vedrai."

"Qui nel computer?"

"Qui", le toccò la fronte. "Vedrai cose mai viste."
"Come *Cookies*?"

La baby-sitter restituì il foglio a Sheik e prese in braccio la piccola per condurla a letto.

"Come il Principe?" insistette Speranza.

"Molto, molto di più", mentì il ragazzo padre. La raggiunse e le baciò la punta del naso: "Dormi bene tesoro."

"No", sorrise la bambina.

Blanca Li chiuse la porta.

Incapace di proseguire il lavoro, lo scrittore bengalese sprofondò sul divano a fissare lo schermo.

Il Principe spiccò un salto mortale da una colonna. Si esibì in tre acrobatiche ruote all'indietro. Fiutò la casa, lupo cattivo. L'unghia ricurva dell'indice esortò le telecamere a catturarlo. Lesbia e la prima unità avanzarono concentricamente. Alexandros si finse braccato, smarrito, in gabbia.

Un'ombra con un libro attraversò una finestra illuminata della casa del faro.

Il presentatore cantilenò:

Una vittima c'è là
che non sa che fin farà
voilà, fuck you, karyiolà

Nel sentire karyiolà, troia, il pubblico maschile della Rete greca si compiacque. La vittima di quella domenica era una donna.

Il Principe sgattaiolò guardingo verso la cabina elettrica. Le danzò intorno un sirtaki. Con un colpo secco di tronchese recise i cavi della luce. La finestra si spense.

Alexandros spalancò il mantello e s'illuminò come un albero di natale con un sorriso da jocker:

"Mydame y messiux, padroncini e leccaculi, chicas, sputamerda e mangiariso, rotti qui, rotte lì, rotte qui e lì. Siete a Cookiesss", sibilò roteando le pupille in un verso e la lingua nell'altro. "Wilkommenz, bienvenu, saludos e fok jou, come dicono gli zulù."

"È il più geniale figlio di puttana che si sia mai visto", commentò il regista sugli applausi.

Il presentatore si volse a guardare la casa di Speranza Adamoli. Si leccò le unghie viola. Sorrise al suo pubblico con un verso animale.

II

Casa del Faro di Potamos (Antikythera)
Nello stesso momento

"Chi di noi può dire, voltandosi indietro sulla strada che non ha ritorno, che l'ha seguita come doveva?"

La signora del faro era rimasta al buio con questa frase di Pessoa negli occhi. Chiuse serena *Il libro dell'inquietudine*. Ad Antikythera la luce saltava di frequente.

Speranza s'immaginò la domanda del grande portoghese formulata da un bambino. Le strade dell'infanzia non sono forse più lunghe e tortuose di quelle della maturità? Non le strade obbligate dai genitori, dagli insegnanti o dalla televisione, ma le poche libere, le altre, le curve.

Le balenò il verso di un poeta americano o tedesco di cui aveva dimenticato il nome: *Chi saprà mai cosa succede quando due bambini si baciano?*

Da adulti, "voltandosi indietro sulla strada che non ha ritorno", quei due bambini avrebbero potuto illuminarsi ancora a quel primo assoluto lampo di libertà? O le loro retine avrebbero modestamente consegnato alla memoria, ingannandola, un reality-show del passato in cui due altri bambini si erano baciati fingendo di baciarsi?

Pregustò l'espressione ingenua e solenne di Andreas, la guardia di Potamos, quando a cena l'avrebbe stuzzicato con il quesito di Pessoa. Sul suo volto da cherubino cinquantenne si sarebbe aperta la ferita di un sorriso. Dopo una riflessiva sorsata di Retsina, scossa l'aureola di riccioli bianchi, Andreas avrebbe invariabilmente esordito:

"A questa intellettualissima domanda..."

La guardia si autoinvitava a cena tutte le domeniche. In cambio cucinava lui. Per quella sera le aveva promesso un pastitsio, la pasta al forno coperta di formaggio. Sapeva che quel piatto, quasi italiano, la commuoveva.

Una notte, al termine di un calcolo ingarbugliato, Andreas le aveva servito una cifra su un tovagliolo di carta: 472. Era il conto di tutte le serate libere della sua vita che le aveva dedicato. Speranza si era sentita un'assassina.

La guardia, invece, le aveva sfiorato le mani con una carezza: "Signora maestra, lei mi ha regalato le tre meraviglie del mondo di un uomo solo: la consapevolezza, l'indipendenza, la speranza."

La donna sorrise nel buio pensando alla guardia e a Pessoa. Attraversò il salotto a tentoni e conquistò la porta del corridoio, difeso da pile di libri, sentinelle della sua solitudine.

"Da ragazza adoravo stendermi nella vasca a lume di candela", aveva confessato a una cugina in vacanza ad Antikythera. "Il mio corpo, dal giorno in cui si è staccato da quello di Paolo, è diventato un estraneo come il corpo di un'altra. Una doccia ogni mattina. Sedici anni di docce. Se le facessi vestita potrei fondare un nuovo ordine di clausura."

Nel piccolo atrio tastò l'aria con la sinistra, intercettò la ribalta del comò, e dal terzo tiretto estrasse un fascio di candele.

Un lampo alla finestra le preannunziò l'ennesimo diluvio.

Erano i quarzi della seconda unità di *Cookies*.

Speranza aprì il rubinetto dell'acqua calda, accese le candele, ne sistemò un paio sulla consolle davanti allo specchio azzurro, le restanti ai quattro angoli della vasca.

Un altro accecante bagliore le fece esclamare a voce alta: "S'infradicerà tutto per arrivare quassù a non concludere niente." Sfilò il pullover e sbottonò la camicetta: "Quanto sei acida." L'invase una prepotente voglia d'amare. Immaginò di sfilare la divisa ad Andreas, di carezzargli il pene mentre gli baciava il torace. Si guardò di sfuggita il seno allo specchio. Arrossì come una minorenne del Novecento.

Quarantatré anni. Era ancora molto bella.

Prima di suonare al campanello, da commesso viaggiatore qualunque, il Principe riassunse gli ingredienti del suo spettacolo in un impeccabile inglese. Intendeva essere compreso ai quattro angoli del globo senza possibilità d'equivoci.

"Il privilegio di chi muore è rivivere in un soffio gli avvenimenti fondamentali della propria vita. Giusto? Ingiusto. Ingiusto e antidemocratico escluderci da questo spettacolo e dal giudizio finale che tutti abbiamo il diritto di trarne.

Cookies è servizio pubblico. *Cookies* vi consente tutte le domeniche di vivere senza sforzo i successi e i fallimenti delle vite altrui, le loro esperienze professionali, sentimentali, proibite, senza censure come davanti a Dio. Qualcuno sostiene che sia io il dio di *Cookies*. Okay", ammise Alexandros, "allora voi siete il tribunale degli angeli."

Un applauso sottolineò quest'ultima affermazione. Il presentatore se lo calò fino all'ultimo schiocco.

Lesbia entrò in campo con il vassoio d'argento. Indossava un abito da sera rosso, scollato fino all'inguine. Le unghie del Principe arpionarono un biscotto. Congiunti e lascivi ne leccarono in primo piano i granelli di zucchero.

"In questo dolce cookie abbiamo sintetizzato i migliori allucinogeni con il più cronometrico dei veleni. Svegliatevi, sto parlando di visioni lucide e cinematografiche per tutti, mica di pasticche. Morte assicurata per uno soltanto entro la fine del programma. Oppure la salvezza. In ogni caso, la notorietà per la vita eterna. Nel corso dei prossimi novanta minuti", aggiunse il presentatore elettrico, "la mente dell'eroe di questa puntata sarà collegata interattivamente con le vostre, per trasmettervi in tempo reale il film della sua vita." Lesbia mostrò un auricolare corredato da elettrodi variopinti.

Il Principe colse dal vassoio una siringa d'oro:

"Con la siringa della salvezza, al termine, sarete arbitri di giudicare la sua esistenza votando sul computer di casa. Dispenserete la morte o la vita ordinandomi la somministrazione o meno dell'antidoto. Il Giudizio Universale non l'ho inventato io ma la Bibbia."

Lo sponsor ufficiale, *Cookies i biscotti del Principe*, interruppe la presentazione.

Alexandros si sganciò dal palco improvvisato sulle rovine e raggiunse la casa del faro. Scorse le finestre una per una, chino come un ladro, sbirciando tra le fessure delle tende.

"Glikia mu daskala", dolce maestrina mia, malignarono le labbra schiacciate sul vetro. Gli occhi sgranati nell'ovale appannato scrutarono la sconosciuta, valutandola da selezionatore di circhi: "Una perfetta *sotuttoio*."

Speranza si alzò dalla vasca, nuda.

Alexandros, con la lingua sul vetro, finse di leccare la schiuma residua dal corpo, prima che l'ultimo getto d'acqua della doccia la sciogliesse lungo le gambe.

"Glikia mu", biscottino, mormorò staccandosi dalla finestra, "ma dov'è che vi pescano a voialtre?"

"Abbiamo un ottimo casting."

Scoperto, il Principe trasalì.

Era solo Lesbia. Si alzò sulle punte per spiare il corpo rivale: "Ha i fianchi larghi", commentò.

"No, ha i fianchi da cagna", la corresse Alexandros.

Ad Atene, davanti alle lavagne del teatro clandestino, le vallette di *Cookies* ancheggiavano sulla musica assordante, e tenendo il ritmo, aggiornavano con i gessetti il valzer delle quote.

Un allibratore si rifiutò di accettare una scommessa.

"Fuori dalle palle, motherfucker."

Il delegato dei piccoli attori del Panagoulis non si mosse. Avevano messo insieme la paga di una settimana di prove per scommetterla sulla morte del protagonista.

"Sui soldi non c'è scritta l'età", precisò.

Una telecamera l'immortalò più tardi a fondo sala, in un capannello di ragazzini. Sventolava il cedolino, trionfante.

"Sarà tutto vero?" chiese Blanca Li durante la pubblicità.

"Temo di sì", rispose Sheik.

La cinesina annuì gravemente. In realtà era una fan del Principe. Un coetaneo che aveva capito. Uno capace di servire al pubblico, all'ora di cena, il mondo freddo qual è. Blanca Li aveva paure da vendere, come tutti. Quello show era una sorta di esorcismo. Se questo costava un sacrificio, pazienza, quel che conta è il bene comune, pensò. Sbirciò Sheik con la coda dell'occhio. Quelli della sua generazione non potevano capire. Eternamente indecisi tra giustizia e libertà. Intanto la vita andava per i fatti suoi, come *Cookies*, una puntata via l'altra. Nessuno avrebbe potuto fermarla, tantomeno i tipi come il signor Sheik Rishi e le loro commedie. Ma il suo vero problema era un altro. La baby-sitter non poteva partecipare all'estrazione del jackpot perché ignorava il nome dell'isola.

"Nove secondi alla messa in onda, otto, sette…" contò l'assistente alla regia.

Sul mantello del Principe si accese il disco rosso.

"Purtroppo o per fortuna pochi ignorano il successo di *Cookies*", riprese davanti alla porta di casa, dopo il break. "Con trentacinque milioni di spettatori è dura trovare ospiti con ricordi da sballo, che non crepino solo per il semplice gusto di farlo in diretta. Con questo? Dovrei rifilarvi le memorie degli handicappati della terra? Ricordi pallosi di violinisti tzigani? O forse v'interessano le vite degli anarchici da Sushi-bar?" insinuò riferendosi all'ultima puntata dello show concorrente giapponese.

Tamburellò sul campanello di casa con le unghie listate a lutto: "Io non vi ho tradito e non vi tradirò mai. Anche questa domenica vi servo il meglio del pascolo umano. L'ingenuità. Fatta persona."

Nella Grande Rete s'irradiarono le note di un rock fuso con i cori dell'antico teatro greco. S'intitolava *Le foglie cadono*. Primo in hit parade da sedici settimane.

Lesbia tracciò l'identikit della vittima:
"Speranza Adamoli, italiana, ex professoressa delle medie, nubile. Aveva ventotto anni nel 2001 quando si trasferì in questa casa. Da allora non è mai tornata nel proprio Paese. Qual è stato il vero motivo della sua fuga?"

Il Principe s'inchinò cavallerescamente alla porta con il vassoio di biscotti in mano, leccandosi le labbra come i gatti delle fiabe:
"La uccideremo per scoprirlo."

Alla terza scampanellata, Speranza rischiò d'incendiarsi nel tentativo di chiudere lo zip della gonna camminando con la candela. "Andreas? Sto arrivando, però sei in anticipo", gridò dal corridoio. Scosse i capelli ancora bagnati e cercò d'infilarsi le scarpe rovesciate sotto al comò. Dovette rinunciarci perché la guardia non staccava il dito dal campanello.

In salotto avvertì un'atmosfera irreale. Era la pioggia che non picchiava sulle vetrate. Non ebbe il tempo di realizzarlo.

Aprì la porta guardandosi i piedi nudi con una buffa espressione di rammarico:

"Come vedi sto ancora così."

Il Principe le spense la candela con le unghie.

Un flash da bomba atomica illuminò il salotto a giorno.

Speranza, costretta a indietreggiare all'avanzata delle telecamere, ricadde sul divano.

"Ferma lì, perfetto!" le ordinò il presentatore. Si chinò sul volto atterrito: "Yayitsa", nonnina, "che si legge di bello?"

Lanciò al soffitto il libro di Pessoa.

"Kukla mu", bambolina, la redarguì sarcastico con l'indice viola. Disegnò nell'aria le curve di donna e si leccò le unghie. Di scatto le volse le spalle:

"Vediamo che cosa ci nascondeva di bello la nostra esimia maestra." Volteggiò felice su *Le foglie cadono* facendo strada ai teleobiettivi di Lesbia che spiattellarono l'intimità della casa del faro.

Un tavolo rotondo di vetro e bambù apparecchiato per la cena con la guardia di Potamos. Due caotiche librerie verde mare. Una poltrona gialla con una zampa rinforzata da un dizionario greco-italiano. Una vetrina esagonale con terrecotte romane. L'intero ambiente era tappezzato da locandine cinematografiche del Novecento, tranne un Garibaldi di grandi dimensioni, camicia rossa su cavallo bianco.

Dietro al divano giallo di Speranza troneggiava una riproduzione in legno e oro di un astrolabio. Gli ingranaggi intersecati tra loro indicavano fasi lunari e moto planetario. Era il Meccanismo di Antikythera, la bussola dell'Universo, il primo computer dell'umanità.

Il Principe batté il ritmo sull'astrolabio con un antico bastone da passeggio trafugato da un portaombrelli. "Cazzo d'arnese", sentenziò. Poi sedette al suo fianco e la squadrò con il bastone fra i denti, ansimante, cane.

Dalla platea d'Atene scrosciò il ritorno audio delle risate.

Speranza provò umiliazione e rabbia perché quello era il bastone armato di suo nonno. Abbassò lo sguardo sul mantello con i monitor accesi sui programmi satellitari della Grande Rete:

"Chi siete?" bisbigliò indifesa alla troupe. Accecata dai quarzi non riusciva a distinguere la decina d'ombre che l'assediavano.

Il profilo di Lesbia s'insinuò nel cono di luce:

"Non abbia paura siamo gente di spettacolo."

Il presentatore elettrico le offrì il vassoio d'argento ricolmo di dolci. Recitò la preghiera di rito:

"Ave Speranza, il Principe è con te. Calati un biscotto e ricorda per noi spettatori." Roteò il bastone come un capobanda.

Una trovata pubblicitaria, dunque. Le ritornarono in mente i fustini Dash della sua infanzia: *Quale dei due lava più bianco signora? Farebbe a cambio con questo?* Si accorse che avevano cambiato musica. Riconobbe *The prince of pagodas* di Britten.

Il presentatore la fissava invitante e disgustoso leccando il pomello d'avorio. Come poteva essere consentita una violenza simile? La pubblicità spettacolo sulla sua carne. Eppure era chiaro che ci sarebbero arrivati. Per questo da dieci anni aveva disdetto l'abbonamento alla Grande Rete Interattiva.

Loro l'avevano pizzicata lo stesso.

Il Principe trafisse con il bastone l'orso di peluche della sua infanzia. Posò un biscotto sul pelo delle zampette giunte, glielo porse. Doveva gustarlo davanti alle telecamere.

Nelle grandi esperienze drammatiche ci si sofferma su problemi minimi. Speranza ricordò di aver finito il vino, avrebbe dovuto avvisare al telefono Andreas per non costringerlo a scendere in paese. Questo la spinse a cedere.

Si portò il biscotto alla bocca. Sapeva di vino ed erba. Una cascata di fili d'oro le scivolò dai capelli ai piedi con un brivido d'incanto. La sua morte iniziò con una fibrillazione d'ingannevole benessere. Reclinò il capo.

Il Principe le sbottonò la camicetta. Con la saliva le incollò i gommini degli elettrodi al cuore. Incoronò la sua nuova principessa con l'auricolare. Infine le appuntò un'unghia sul polso. Dopo qualche istante di silenzio, annunciò: "Ci siamo."

Incominciò a danzare con Lesbia un tango argentino di Carlitos Gardel remixed by Zorby, il DJ greco-spagnolo.

"Timer in sovrimpressione", ordinò il regista dal teatro clandestino di Via Vouliagmenis.

Un cuore rosso pulsò sugli schermi.
Sul cuore, una cifra nera. *89:14:00* all'esito letale del veleno e al verdetto popolare.
Alexandros le mostrò la siringa d'oro:
"La tua salvezza dipende da te. Ti resta un'ora e mezza di vita. Dimostraci che valeva la pena d'essere vissuta e con quest'antidoto io ti salverò." S'appuntò la siringa sul mantello delle televisioni, morse una rosa rossa, baciò Lesbia danzando. La ballerina era lui.
Speranza avvertì con terrore che l'effluvio paradisiaco di prima si stava evolvendo in una corrente contraria.
Un'onda lenta nelle vene le risalì dai piedi, gelandoli, proseguì pietrificandone ogni singolo nervo, finché si arrestò alla base del collo, indenne dal veleno come i muscoli del viso.
Vide l'immagine di suo nonno Emanuele prendere vita sul monitor di studio e si domandò dove l'avessero scovata.
"Assassini mi fate schifo", disse.
"Ora che sei di pietra non fare il monumento", la rimbeccò Alexandros. "È soltanto la gente che ha il diritto di giudicare. Solo loro", indicò le telecamere con il bastone, "decideranno democraticamente il tuo destino con un referendum in diretta. Li soddisferai? La Grande Rete Interattiva ti ripagherà i diritti d'autore sulle tue buone visioni con una montagna di gettoni d'oro. E vivrai. Meglio di adesso se permetti", sbertucciò l'ambiente. "Li deluderai? Avrai vinto comunque la fine più ambita: l'eutanasia dei grandi attori. Morirai con successo."
Lesbia spiegò come concorrere all'estrazione del

jackpot, e ricordò che il premio da mezzo milione di dollari era raddoppiato perché la domenica precedente nessuno aveva indovinato l'ubicazione del set. Intanto il Principe le titillava la schiena facendo scivolare in su e in giù il bastone da passeggio.

Una telecamera strinse sul trumeau greco, sotto il ritratto dell'eroe dei due mondi. Dettagliò una foto scattata sulla terrazza del Pincio. Speranza era appoggiata alla balaustra, fra due grossi cannocchiali puntati contro il cielo di Roma. La classe schierata davanti alla giovanissima professoressa, i maschietti accucciati in prima fila. Uno di questi, un ragazzino bruno sui dieci anni, dal viso esile e gli occhi neri incandescenti, era ritratto anche in una doppia cornice di smalto blu. A sinistra, seduto sulla spiaggia di fronte al mare, in bianco e nero. A destra con lei, su un vagone delle montagne russe, a colori.

"Che cos'ha, signor Sheik, non si diverte?"

Per la seconda volta, nel giro di un'ora, il bengalese aveva rivisto se stesso. Scattò in piedi, guardò l'orologio incrociando lo sguardo di Blanca Li come se non la riconoscesse, si avventò sul telefono e sollevò la cornetta.

"In cosa posso esserle utile Mr. Rishi?" cinguettò un'hostess del Parthenon. Sheik agganciò senza rispondere. Sullo schermo era riapparso il volto trasfigurato della professoressa Adamoli.

La coppia di ballerini di tango si sciolse, e il Principe bacchettò la fronte di Speranza con la punta d'argento del bastone.

Sheik si morse un labbro a sangue.

"Se scoprissi dove si trovano diventerei miliardaria", sospirò la baby-sitter.

"Antikythera", sussurrò lo scrittore.

La cinesina scattò in piedi. "Come ha detto scusi?"

"Si trovano in un'isoletta a quaranta miglia da Kythera, l'isola di Afrodite. Ci sono stato", precisò. "Tantissimi anni fa."

Blanca Li agguantò il soprabito: "Anti che?"

"Antikythera. Fermati, non puoi andartene via adesso", l'afferrò per un braccio sulla porta della suite.

Lei si svincolò con uno strattone: "Io sono libera di fare quello che voglio. La bambina dorme", s'infilò in ascensore.

"Ho bisogno di te", la pregò Sheik, pallido. "Una donna sta morendo. Devo fare qualcosa. È importante."

"Tutti stiamo morendo", gli rispose. "Mi scusi ma ho fretta", premette il pulsante. "Devo giocare. Troverò una ricevitoria aperta dovessi farmi tutta Atene a piedi."

La porta scorrevole si chiuse ermeticamente.

Sheik si precipitò nell'appartamento, entrò nella prima camera a sinistra, accese l'abat-jour accanto al letto. Sua figlia dormiva rannicchiata di traverso con un lembo del guanciale in bocca. Sheik controllò ancora l'orologio, guardò il telefono, la polizia avrebbe soltanto finto di dargli retta, la libertà della Grande Rete era inviolabile.

Improvvisamente una voce di bambina esclamò: "Nonno chi ha messo la bomba sul treno?"

III

Caffè Greco, Via Condotti (Roma)
Lunedì 24 Dicembre 1984
– *88:45:03 al verdetto finale*

"Vorrei saperlo anch'io, ma un giornalista non è un mago. Sicuramente diranno che è stata la mafia."
Gli spettatori, attraverso gli occhi di Speranza a dieci anni, videro un signore dal pizzo ottocentesco e gli occhiali d'oro.
"Che cos'è la mafia?"
"Un'organizzazione criminale clandestina. E un parafulmine per criminali autorizzati."
"Autorizzati da chi?"
"Da loro stessi perché sono uomini di Stato."
"Un giornalista è un uomo di Stato?"
"Chi io?" Emanuele ridacchiò a scatti, senza suono, battendo tre volte il bastone per terra. "No", spiegò il nonno accendendo la pipa. "Un giornalista non è un uomo di Stato. Te l'immagini? Sarebbe come se il nostro Presidente del Consiglio facesse anche l'editore di giornali e magari scrivesse un bell'articolo lodando il suo governo."

Speranza aggiunse un cucchiaino di panna nella tazza, ridendo.

"No, il giornalista è un uomo della gente con un dovere in più degli altri: scoprire la verità. E quando l'ignora, come in questo caso, scrive delitto di mafia senza sapere di cosa stia parlando."

Lo sguardo di Speranza cadde sulle lamiere contorte di un treno, nella prima pagina del *Corriere della Sera* spiegazzato in cima alla mazzetta di quotidiani, tra il Martini e la cioccolata calda. Quell'immagine non l'avrebbe dimenticata per tutta la vita. "Strage di Natale", lesse Emanuele. "Stai a vedere che la colpa la danno ai Re Magi."

Nel sottotitolo, Speranza scoprì che c'erano stati sedici morti e duecentosessantasette feriti gravi sul rapido 904 Bologna-Milano, fatto esplodere con una carica di Semtex nella galleria di San Benedetto Val di Sambro. "Dieci anni esatti dopo l'altro, l'Italicus", aggiunse il nonno. "Siamo un popolo che sa celebrare le ricorrenze."

Le arruffò i capelli con una carezza: "Ti piace la panna, Speranzina." Ma lei mangiava in fretta perché aveva avuto paura. Il nonno agganciò il bastone alla sedia, posò la pipa sul tavolino di marmo e sfilò dalla mazzetta una copia di *Paese Sera*.

"Quanti giornali leggi?" chiese per non pensarci.

"Sette."

"Sette? E perché nonno?"

"Per farti un'opinione devi cucire insieme tutti i pezzetti della verità. Vedi? Ciascuno dice la sua. Questo scrive che si è trattato di un banale incidente. Qui si parla di un attentato generico. Quest'altro invoca leggi severissime. Qui danno la colpa ai partiti della sinistra. Il quinto accusa la camorra napoletana. Il sesto i servizi segreti russi. E l'ultimo, tra le righe, insinua una connivenza con i corpi separati dello Stato. Secondo te cosa sono questi corpi separati?"

"Tipo la cioccolata senza la panna?"

"Brava." Emanuele, con un cucchiaino, tolse una nuvola di panna dalla tazza di Speranza, e l'imboccò. "Proprio così", esclamò. "Uomini separati in superficie, ma uniti dentro. Nella pancia dello Stato."

"E che ci fanno nella pancia?"

"La mafia."

Chiamò il cameriere. Nell'attesa del conto le spiegò come si affronta un giornale. "Questo si chiama articolo di fondo. Puoi limitarti a leggere le sei, otto righe d'attacco, e passare al blocchetto conclusivo. In genere c'è già dentro tutto."

"E questo qui?" fece Speranza.

"Si chiama apertura, è il titolo principe, il cervello del giornale. Questa a fianco è la spalla."

"C'è anche la coscia?"

Il nonno rise battendo il bastone in terra. Pagò il conto e le domandò che regalo sognava sotto l'albero.

"L'M-10, il computer portatile dell'Olivetti, quello che hanno tutti i giornalisti come te."

"Per farci cosa?" Il vecchio si alzò.

"Per scrivere favole, i giornali dei bambini."

Emanuele sorrise con la pipa in bocca.

"Hai i denti gialli come i cavalli", osservò Speranza.

"Però io ho tre zampe", batté il bastone e nitrì. "Adesso dobbiamo andare a casa per il cenone o la mamma ci sgrida. Non ti sei dimenticata il bambinello, vero?"

La bambina scartò il pacchetto con la statuina del presepio. "Fossi pazza", disse. "Ma tu devi ricordarti di metterlo nella mangiatoia a mezzanotte in punto perché a quell'ora io dormo."

"Sicuro, se Gesù non nasce siamo fritti."

Emanuele si appoggiò al bastone, zoppicava. La nipotina lo prese sottobraccio. "Auguri!" esclamò alla cassiera del Caffè Greco. Il giornalista si arrestò davanti alla porta. "Mi stavo dimenticando la cosa più importante", sfilò un grosso astuccio dalla tasca interna del loden verde. "Il tuo regalo."

Speranza fece un salto indietro: "Devi metterlo sotto l'albero, non posso aprirlo adesso."

"Questo non è il regalo ufficiale dei nonni, è l'oggetto più prezioso della mia vita; adesso che sono andato in pensione voglio che sia tuo per sempre. Su, apri."

Era la sua stilografica.

"Se devi pensare scrivi con la penna", le consigliò abbottonandole il cappotto. "Se smetti di pensare scrivi al computer."

Via Condotti era bardata di stelle comete.

La bambina si bloccò nel fiume d'uomini e pacchi.

Aprì l'astuccio e ci ripose Gesù.

"Così non prende freddo."

"Ben fatto", annuì Emanuele battendo per tre volte sul marciapiede col bastone d'avorio, contento.

"Skata", merda, imprecò Alexandros. Applaudì con tre colpi secchi sopra il volto della protagonista. *Kazzate* scrisse con uno spray sullo specchio. "Se vuoi crepare subito avvertici, di tuo nonno non ce ne può fregare meno." Si allungò sul divano, le accavallò gli stivali in grembo, soffiò di rabbia. Prese un grosso sigaro, iniettò dell'acido nella spessa foglia verde, cominciò a fumarselo scuotendo la testa, contrariato.

Speranza controllò il cuore-timer.
86:28:41 di vita residua.
"Che male vi ho fatto?" li supplicò.
"A noi?" Il Principe fece una smorfia alla troupe. Le ombre risero.
"Preoccupati di loro", accennò alle telecamere. "Pensi di convincerli con le menate di un giornalista rincoglionito?" Ammiccò in macchina: "Anche un po' pedofilo, diciamocelo."

Il Principe aspirò il sigaro verde, in attesa del ritorno di risate della platea ateniese, subito dopo scivolò in ginocchio ai piedi del divano: "Ti prego", per due volte le sfiorò il seno e ritrasse la mano folgorato. "Ti prego, sexbomb, taglia. Raccontaci il perché del tuo esilio su questo scoglio da capre. Stammi bene a sentire, tonta: facci vedere la gente importante dell'epoca, come andavano vestiti, come fregavano lo Stato, come scopavano. Politica, spettacolo e costume, questi sono i tre grandi ingredienti di *Cookies*. Siamo un servizio pubblico non lo strizzacervelli di un membro..." – fece impennare il bastone – "Insigne..." – le leccò le scarpe – "della mirabile e nota in tutto il mondo scuola italiana."

Scattò in piedi dandole le spalle:

"Kiss my ass", baciami il culo.
Fece il saluto militare.

Andreas, la guardia di Potamos, controllò l'orologio, mando giù l'ultimo sorso di Retsina, posò il bicchierino e si mise in braccio il suo pastitsio involto nel cellophane.
"Visto? Mi hai fatto fare tardi", disse.
Una voce rispose: "Sì sì, date tutti la colpa a me."
L'interlocutore invisibile infilò in una cassetta la bottiglia vuota, estrasse dal frigo un'altra Retsina e comparve dietro al bancone avvitando il cavatappi.
"Non ti avevo mai visto tanto elegante", insinuò. Il barista era l'icona d'Antikythera, l'unico dispensatore di felicità pubblica.
Andreas riposò il pastitsio, tolse una scatolina di velluto blu dalla tasca del completo grigio e la fece scattare con complicità sotto agli occhi dell'amico.
Una fede d'oro con un cammeo di corallo rosso.
Il barista stappò la Retsina: "Dobbiamo festeggiare", sentenziò.
"Se non faccio altro da un'ora", sorrise la guardia appuntandosi il nodo della cravatta allo specchio.
Il compare gli indirizzò un bicchierino alla salute: "Allora auguri!"
Andreas s'inchinò cerimonioso, imbracciò la teglia di pasta al forno con la delicatezza dovuta a un neonato, aprì la porta a vetri.
"Quanti anni sono che ti suggerisco di chiedergielo?"
"Venti", si girò scherzosa la guardia.
Uscito dal bar dovette piegarsi in due per la po-

tenza del maestrale. Poi s'inerpicò sul viottolo oscuro, poggiandosi la mano libera sui capelli, per non presentarsi dalla professoressa tutto spettinato.

Un cardinale di Roma apparve sullo schermo.
Alexandros cantilenò "Oremus", benedisse il pubblico.
I ragazzini del Teatro Panagoulis imitarono il loro idolo e si genuflessero sotto il palco di Atene:
"Amen."
L'inconscio di Speranza era cinema.
La propria memoria in Rete.

IV

Palazzo Fiano
Piazza San Lorenzo in Lucina (Roma)
Domenica 30 Aprile 2000
– *85:09:33 al verdetto finale*

"Quella, fra un paio d'anni, mangia al Quirinale", le sussurrò profetico Filippo, il suo accompagnatore.

Speranza intravide nella folla una soubrette che baciava sul collo un milanese dal contegno siculo, in smoking con la sciarpa bianca. Gli smacchiò il rossetto con un kleenex. Lo ribaciò sul kleenex.

Da un trono di damasco rosa il cardinale dei divi li benedisse, poi offrì l'anello alle labbra del direttore di un noto political-show.

Sentì qualcuno chiedere come scopava Guttuso e una donna di pietra raccontare a voce alta.

Nel salotto si festeggiava la beatificazione di Padre Pio.

"Portami via", disse.

"Sei impazzita? Siamo appena arrivati." Filippo la guardò di traverso con la diffidenza di un madonnaro per una tela di Braque.

"Nel gennaio 1999 mi diagnosticarono un tumore

al colon. I medici mi avevano dato pochi mesi di vita", raccontò una miracolata dallo schermo gigante piazzato davanti al cardinale. "Padre Pio mi apparve qui, accanto al frigorifero."

Il presentatore, riverente, indicò ai telespettatori l'altarino con un grappolo di gigli, sopra il secchio delle scope.

"Tesoro scusami, saluto il sottosegretario."

Speranza annuì con un mezzo sorriso, rigirandosi nelle dita il bicchiere vuoto, in trappola.

Filippo avvinghiò un ex sindacalista e lo staccò da terra:

"Da quand'è che non ci vedevamo, dal Sessantotto?"

"Sì ma io facevo i picchetti, tu ti facevi e basta", replicò il sottosegretario. Si assestarono reciproche pacche sulle spalle.

Filippo ritornò indietro entusiasta:

"Dice che oggi è nella Commissione Stragi."

"Ricordagli che ieri era nella lista della P2."

"Tesoro?" Le sfilò il bicchiere. "Rilassati."

"No", rispose Speranza.

Un presidente di regione tagliò in due il salotto con un codazzo di fedelissimi che lo supplicavano in una lingua incomprensibile.

"Tre miliardi!" alzò tre dita al cielo.

Incrociò un'attrice e le squadrò il fondoschiena, come nei paesi. Al buffet uno di quei picciotti gli tirò la giacca: "Bellardi", insisteva, "Bellardi!"

Speranza intuì che si riferiva a una sovvenzione per le Belle Arti.

"Tre miliardi e mezzo, mo' basta", erogò il presidente irremovibile, spingendosi un'oliva in bocca.

L'intervistatore della miracolata lanciò il collegamento con il convento del santo delle stimmate.

Da San Giovanni Rotondo comparve il presentatore de *I fatti vostri*. Annunciò che da quel momento la vita di Padre Pio era visitabile on line su un www. "Se cliccate sulle stimmate, Padre Pio reciterà per voi un Pater Noster." Presentò i Lùnapop nella canzone *Qualcosa di grande*.

"Molto presto su Internet si manifesterà anche l'Immacolata Concezione", predisse il cardinale.

Nel salotto qualcuno l'interpretò come una battuta.

Il direttore del political-show, stizzito, tacitò le risate, s'accostò fremente all'eminenza vaticana che lo rassicurò: "Non si preoccupi, direttore, ridevano anche a Lourdes. Dopo vennero le guarigioni. La Madonna si evolve, la gentarella non comprende. Poi si adegua."

Una voce demoniaca insinuò: "Perché non importi maiale dall'estero?" Il salumiere integerrimo non cadde in tentazione. Rispose fiero: "No." Era la pubblicità del Consorzio Prosciutto di Parma.

Il cardinale cambiò programma.

Anche la rete concorrente trasmetteva uno show su Padre Pio. Sotto le scale sfavillanti, una storica coppia d'attori del varietà era ridotta a presentare la stessa soubrette che stava ancora imprimendo, sul collo dell'uomo in smoking, la storia della propria vita.

Quando in TV scese le scale, dimenandosi, il cardinale si volse ad applaudirla con discrezione: "Una divina onnipresenza", commentò. Arguzia che nessuno colse.

La soubrette sfilò al maturo compagno in camicia verde la sciarpa bianca stampata dalle sue labbra rosse, se l'annodò da fascia tricolore e marciò davanti alla Chiesa.

"Giusto, è il vero sindaco della capitale d'Italia", pensò Speranza. Scoprì sullo schermo i sorrisi offesi dei due grandi vecchi con le stimmate del varietà, mentre la soubrette ancheggiava fuori e dentro la vita.

Cortigiane ce n'erano sempre state, in tutte le epoche, sotto tutti i regimi. Mai si era raggiunto questo trionfo di condivisa volgarità universale e dilettantismo impunito. La critica prona all'imperio dell'audience. Il pubblico, trasferitosi sulla ribalta, applaudiva se stesso. Nel cielo non volavano più le aquile.

Filippo le presentò un giovane macellaio.
"È stato scritturato per il *Grande Fratello*, pensa."
Il macellaio disse: "Speriamo, grazie."
"Grazie di che? Ringrazi il Grande Parente", fece lei rivolta al proprietario del format. Era il genero di un politico latitante, morto in esilio.

Quello scartò tirandosi dietro il macellaio.
"Cazzo di carattere", bofonchiò Filippo. "Almeno il rispetto dei morti." Li inseguì per scusarsi.

"Gli eredi sono più vitali che mai", ribatté Speranza.

Si accostò a una finestra su Piazza in Lucina con la tentazione di fuggirsene al cinema Étoile. Non riuscì a leggere il titolo del film oscurato da un cartellone per King Kong. Un politico truccato da *Beverly Hills* prometteva meno tasse per tutti.

Per una coincidenza, sentì la sua voce alle spalle. Il cardinale si era sintonizzato su un telegiornale di mezza sera.

"In Italia ci sono sette milioni e mezzo di poveri. Il nostro impegno è di abolire la povertà." L'industriale più ricco del Paese prometteva il comunismo alla rovescia.

Tornando sui suoi passi si accorse di un uomo diverso dagli altri. Aveva uno di quei visi da frontiera che s'incontrano di rado nella vita e l'aria di non essere stato invitato.

Era un quarantacinquenne alto e dinoccolato, magrissimo, giacca di tweed spiegazzata e un malessere disincantato nello sguardo. Gironzolava con una microcamera posata sulla palma della destra, ondeggiante, ma gli occhi grigi la stavano filmando in presa diretta. Distolse i suoi, a disagio.

Non era imbarazzata per essere finita a letto con Filippo. La sua scelta di solitudine contemplava l'evenienza di accoppiarsi talvolta con personaggi assurdi.

Era incazzata di trovarsi fra picchiatori fascisti diventati senatori, comunisti diventati cattolici, corruttori diventati moralizzatori, imprenditori diventati demiurghi, italiani diventati xenofobi. Tutti aventi diritto a tutto. Tutti riciclati, rifatti, risorti, intoccabili, irraggiungibili.

Sentì un ronzio all'orecchio. Si volse battendo la guancia contro qualcosa di freddo.

Le lunghe dita maschili ritrassero la telecamera e una voce calma le sussurrò:

"Sono i padri ideali dei nostri figli. Sono i fidanzati ideali delle nostre figlie. Sono gli amanti delle nostre mogli. Sono le puttane dei nostri mariti. Sono l'identità di un popolo. La risoluzione virtuale dei nostri problemi quotidiani. L'illusione di una vita migliore. L'unico governo possibile."

"Che cos'è una poesia?" commentò ironica.

"Mi hai capito perfettamente."

Filippo, che aveva assistito alla scena dal buffet, affrontò l'estraneo: "Che ti succede? Ne hai persa una uguale?"

"Sì, ma adesso l'ho ritrovata. E me la porto via."

Lei guardò allibita la mano magra che lui le porse. Non poté far altro che intrecciare le dita con le sue.

Uscendo, passarono davanti al cardinale che faceva zapping sul trono. Il telegiornale trasmise l'immagine del crollo di un palazzo di sei piani, a Foggia.

Settanta morti.

Neanche il nuovo santo pugliese aveva potuto farci niente.

"Mio padre, durante il fascismo, decise di non partecipare più alle adunate per paura di contagiarsi. Temeva che un giorno o l'altro gli potessero piacere", le raccontò Paolo Aspes aprendole lo sportello di una Citroën sciupata come una banconota fuori corso. "Tu non hai paura di frequentare certi salotti?"

"No, il massimo delle mie adunate è due. E tu?"

"Il contagio fa parte del mestiere."

Speranza spiò il distintivo sul parabrezza, senza decifrarlo: "Medici senza frontiere?"

"Giornalista senza testata."

"Disoccupato?"

"Freelance." Il reporter incastrò la telecamera fra due logore borse di cuoio adagiate sul sedile posteriore.

"A chi la venderai questa esilarante serata?"

"A nessuno. Sono riprese che faccio per documentazione personale." Avviò il motore, la Citroën starnutì, finché il tubo di scappamento emise un rimbrotto prolungato. Aspes ingranò la marcia e intrecciò di nuovo le dita con le sue.

Speranza osservò, alternativamente, le loro mani congiunte e l'estraneo al volante.

"Su che cosa ti stai documentando?"

Paolo sorrise amaro: "Sugli ultimi giorni di Pompei."

Imboccarono Via del Tritone.

Davanti alla sede de *Il Messaggero*, Speranza scrutò le finestre della redazione cercando la stanza in cui aveva vissuto suo nonno. La luce era accesa. L'immaginò vivo e intento a scrivere il pezzo di domani: l'articolo mancante. Si ricordò che anche quella mattina aveva lasciato intonsa la mazzetta dei sette quotidiani sulla scrivania di casa. Leggerli era sempre stata la sua gioia, una frenesia, il primo gesto del giorno. Ormai erano uniformi, l'annoiavano.

Aprì il finestrino: "C'è qualcosa nell'aria, una terribile tranquillità. Hai presente i cani che abbaiano prima dei terremoti? Mi sento una di quelli", spiegò con uno strano sorriso. "Ho la certezza che stia per accadere qualcosa di grave. E l'ipotesi contraria non mi rassicura. Guardo il cielo meravigliandomi che ci siano ancora le rondini. A volte mi vergogno a pensare che ci vorrebbe una guerra, per annientare questa democrazia viscida che ci prende alla gola. Fingiamo di essere liberi. Non è un bel gioco."

"Abbiamo perso la voglia di giocare", osservò Paolo. "Torno adesso da Sarajevo, meravigliosa, mi ha ricordato la rinascita di Madrid subito dopo la dittatura o la notte a Beirut in cui cessarono i bombardamenti. Bisognerebbe trovare il modo di fare il dopoguerra senza fare la guerra prima."

Speranza studiò il suo profilo temendo d'incassare una diversa impressione dal colpo d'occhi iniziale.

Non si era mai sentita tanto a suo agio, neanche nei dialoghi incantati che s'intrecciano nei sogni.

Paolo si volse come se lei avesse pensato a voce alta:

"Mi sento a casa", ammise. "Non mi riferisco alla città. Roma da me è più lontana della luna." Prese una pipa dal cruscotto e la tenne tra i denti, spenta. "Che lavoro fai?"

"Insegnante. Mi piace. Però sono una cattiva maestra."

"Una cattiva maestra è un'ottima scuola", ribatté. "Ma tu come stai?"

"Sono rimasta sola a difendere posizioni scontate, da tutti condivise fino a pochi mesi fa", gli confessò di getto. "In un gruppo di amici, improvvisamente le mie opinioni suscitano gelo, imbarazzi, silenzi. Nemmeno i ricordi combaciano più. Si è spezzato qualcosa d'irreparabile, oppure sono io che sto invecchiando."

Si sporse dal finestrino. Gridò: "Ma che vi ha preso?"
"Pensano ai soldi. Nient'altro."

A Via Veneto il traffico era bloccato. Paolo l'invitò a bere qualcosa al Café de Paris. Sedettero fra turisti giapponesi in ritardo di quarant'anni sulla dolce vita.
"Un tempo, Via Veneto era un salotto. Non come quello di stasera", commentò Speranza. "Se non altro i nobili erano veri."
Paolo scosse la testa: "Sai cosa disse Luchino Visconti della *Dolce vita*? 'Questa è la nobiltà vista dal mio cameriere.'"
Lei rise: "Allora non c'è scampo."
"No", fece lui. Si guardò intorno: "È Roma."

– *80:00:12*
Il Principe leccò la lingua di Lesbia, le sfilò una spallina del vestito, v'introdusse una mano, offrì alla telecamera un seno nudo sulle unghie a coppa, succhiò il capezzolo avidamente.
"Questo e altro oggi a *Cookies*."
Pubblicità.

Un fulmine lacerò il tessuto viola delle nuvole e rimbombò sulla stradina di Potamos. L'ennesimo lampo accese di bianco fantasma il dirupo sul mare. Riprese a piovere fitto.
La guardia affrettò il passo. Camminava sull'orlo del precipizio, abbagliato dalla casa del faro. La destra scivolò sotto la giacca. Estrasse la pistola dalla

fondina, insospettito dall'illuminazione a giorno. Una scarpa fradicia s'infilò sotto un cavo.

Andreas inciampò. Riuscì a mantenere l'equilibrio, ma il pastitsio gli sfuggì dal braccio sinistro e la teglia volò nell'abisso, infrangendosi contro uno spuntone di roccia.

Insospettita dallo schianto, Lesbia scostò una tenda del salotto scoprendo l'uomo di spalle, arma in pugno, curvo sul baratro. "Arrivano i nostri", sorrise di tenerezza.

Andreas si sarebbe ammazzato, sia per il piatto preferito di Speranza in pasto ai pesci, sia per il vestito nuovo, impresentabile. Era tentato di scaraventare nel vuoto anche l'anello di fidanzamento.

Il mantello del presentatore elettrico l'avvolse. Le unghie viola gli penetrarono nel collo. Riuscì a voltarsi verso Alexandros. Sul volto della guardia, madido di pioggia, si riflessero i programmi della Grande Rete Interattiva.

La pistola rimbalzò nel dirupo un paio di volte.

Poi precipitò verticalmente, fino a adagiarsi sulla coltre di sabbia nel mare profondo.

V

McDonald's Piazza di Spagna
Lunedì 1° Maggio 2000
– *79:38:55 al verdetto finale*

"Scusi Prof? Perché tutte le scuole d'Italia oggi fanno vacanza e noi no?"
Speranza si alzò mentre l'ultimo dei suoi allievi occupò l'unico tavolino di McDonald's rimasto libero.
Il fast food di Piazza di Spagna era invaso da una cinquantina di giovanissimi studenti della scuola media statale "Ippolito Nievo", classi 1ªA e 1ªB.
"Perché oggi è il Primo Maggio, festa dei lavoratori. Lo festeggerete con il primo sciopero della vostra vita. Lo chiameremo sciopero dei nanetti. Qualcuno di voi ha letto *Gulliver*?"
Si levarono sei braccia e sei "Io!"
"*Gulliver* è un romanzo per adulti che insistono a considerarlo un libro per bambini. La vera favola scritta da Swift è questa", agitò al cielo un volumetto. "S'intitola *Una proposta ragionevole per evitare che i bambini degli irlandesi poveri siano di peso ai loro genitori e al Paese*."

Speranza si aggirò per i tavoli. Indossava una camicetta rossa sopra una minigonna grigia.

"Qualcuno di voi l'ha letto? Nessuno. Gli italiani non amano la satira perché la prendono sul serio e si scandalizzano. Mai farebbero leggere questo libro ai loro figli. Facciamo il contrario? Io credo che Swift, nel Settecento, l'abbia scritto quasi come un libro di fantascienza. Chissà? Forse pensava proprio a te o a te."

All'ingresso della sala si andava formando la fila e alcune famiglie premevano per entrare.

"Ordinate le vostre schifezzuole, dopo mangiato leggeremo qualche passo della proposta di Swift per digerire. Se ci riuscirete."

"Perché, Prof?"

"Perché sono una maestra molto cattiva, Giada."

La ragazzina sorrise freddamente. Raggiunse gli altri al bancone e si unì al coro di McRoyal Cheese, Chicken McNuggets e Filet-O-Fish.

Un mingherlino, in italiano stentato, chiese un piatto di spaghetti.

Due classi, una risata sola.

Sheik tornò indietro con un'insalata.

Giada lo spiò dal tavolino di fianco, arricciò il naso, addentò l'hamburger al formaggio attenta a non macchiarsi di ketchup. Si rivolse ai compagni preferiti, Giampiero Normanni e Adelmo Levrieri.

"Anche il nostro cameriere è bengalese. I miei non ne possono più. Non sa servire a tavola e nemmeno apparecchiare."

Giada mollò sul tavolo l'avanzo di panino. "Non ho più fame", decise guardando Sheik.

"Sono buoni gli hamburger, vero?" esordì la professoressa ventisettenne. "Lo sapete perché il Terzo Mondo, dove i bambini sono denutriti, esporta i suoi migliori raccolti nel paese più ricco? Per far ingrassare il bestiame degli Stati Uniti."

"Allora gli americani vogliono bene alle mucche?"

"No, vogliono trasformarle in un hamburger che farà ingrassare te. Gli americani vogliono bene ai soldi."

"E noi?"

"Anche noi."

Scese il silenzio.

"Fino a quando impareremo a dire No."

Sheik alzò la testa dall'insalata e fissò attento l'insegnante straniera.

Normanni ne approfittò per scivolare sotto al tavolo con il panino sbocconcellato da Giada. Strisciò a quattro zampe fino alle scarpe del ragazzino bengalese. Sollevò il braccio a gru e gli scaricò i resti dell'hamburger nel vassoio.

"McDonald's e gli altri, come Wimpy, Wendy, e Burger King spianano le foreste in Sud America per trasformarle in terra da pascolo", proseguì Speranza. "Il loro bestiame ha un unico traguardo nella vita: il mattatoio. Avete idea del terrore negli occhi di un bue sulla linea della mattanza, quando vede un altro animale affettato elettricamente?"

Una ragazzina dai capelli rossi sputò nel contenitore il suo cheeseburger.

Normanni approfittò dell'ilarità generale per denunciare il furto: "Professoressa, Rishi mi ha rubato il McRoyal."

Sheik s'accorse del cheeseburger sul vassoio. Negò scrollando la testa.

"McDonald's lo chiama cibo veloce, invece è un pranzo col trucco." Speranza restituì il panino a Normanni che finse di trangugiarlo sotto lo sguardo inorridito di Giada.

Quando la professoressa tornò indietro, Normanni lo rigettò nelle mani a coppa facendo sbellicare Levrieri.

"E qual è il trucco di Mister McDonald's? Attrarvi in questo circo innocente. Che deliziose insegne rosse e gialle, vero? E i palloncini?" Fece un vocione maschile: "O.K. In cambio dovrete mangiare il più in fretta possibile il mio Big Mac di plastica."

I ragazzini la fissavano ipnotizzati.

"Chi di voi sa dirmi da cos'è composto, per circa la metà, uno di questi hamburger?"

"Di carne tritata!" esclamò Battistelli della 1ªB.

"No, d'acqua", spiegò Speranza, soddisfatta: alle porte, ormai, si accalcava una folla quasi minacciosa.

"Lo sapete come riescono a rendere uniforme il gusto delle loro famose foglie di lattuga fresca? Con venti diversi tipi di prodotti chimici."

Lo sguardo di Sheik ricadde desolato sulla sua insalata.

"Che vuol dire sciopero dei nanetti?" chiese Giada.

Speranza rispose: "Noi nanetti stiamo occupando la fabbrica del gigante Big Mac. Adesso lui non può più dire 'Fuori uno avanti un altro'. Abbiamo interrotto la catena mordi e fuggi che affama i paesi poveri uccidendo noi ricchi. Perché questi hamburger provocano anche malattie cardiache."

Levrieri scivolò dalla sedia a braccia in croce, mimando un infarto.

Una cameriera bionda con la camicetta a righe, dopo essersi consultata con i colleghi, si parò davanti alla professoressa indicando le porte: "C'è molta gente in attesa."

"Mi dispiace, abbiamo pagato ed è nostro diritto consumare in un tempo ragionevole."

"Ma se avete già finito", replicò la cameriera.

"Noi non ci muoviamo da qui!" giurò un ragazzino. Tutti rimbalzarono sulle sedie, in coro:

Chi si alza un McDonald's è è
Chi si alza un McDonald's è è...

"Torniamo alla proposta di Swift che i vostri genitori non vi farebbero leggere mai", riprese Speranza facendo slalom tra i tavoli con la cameriera che la tallonava, lagnandosi. "Scusi sto insegnando", la disarmò.

"Considerata la grave crisi economica che l'Irlanda stava attraversando, Swift calcolò un esubero di circa centoventimila bambini poveri l'anno. Chi si sarebbe incaricato di allevarli e mantenerli? Da qui, la sua ragionevole proposta. Ragionevole per le mandrie di mucche che preferirebbero vedere noi in formato hamburger. D'Alessio? Leggi tu."

Una ragazzina con le lenti spesse sul volto lentigginoso e le trecce biondo paglia, aprì il libro al segno, si alzò:

"*Un americano molto pratico che ho conosciuto a Londra, mi ha assicurato che all'età di un anno un bimbo piccolo, sano e ben curato, è un cibo estremamente delizioso...*" Si fermò incerta se avesse letto bene, scrutò Speranza che annuì sulle risatine dei compagni "*...nutriente e salubre, tanto in stufato che arrosto, tanto al forno che a lesso, e sono certo che sarà altrettanto buono in fricassea o come spezzatino.*"

Lo sciopero dei nanetti raggiunse lo scopo.
Alle quattro del pomeriggio, quando uscirono in Piazza di Spagna, la fila di famigliole affamate era dissolta.
Il pullman dell' "Ippolito Nievo" li attendeva accanto alla Barcaccia. "Chi ha scolpito questa fontana?"
"Quello che ha scolpito queste." Levrieri sventolò un foglio da cinquantamila con l'effigie del Bernini.
Normanni gliele sfilò di mano e si rincorsero fino al pullman. Speranza gli gridò dietro: "La critica è in dubbio. Forse la Barcaccia è opera del Bernini padre!"
Si fermò ad attendere l'ultimo dei suoi ragazzi.
"So benissimo che non l'hai rubato tu", lo prese sottobraccio. Sheik non pensava al cheeseburger.
"Stamattina hanno portato mio padre al Policlinico."
Consapevole dell'imprudenza, Speranza affidò le due classi all'autista del pullman, e salì con il ragazzino bengalese sul primo taxi.

Ad Atene, nella sala della GRI, gli attori del Teatro Panagoulis si guardarono sconcertati.
Quello che aveva scommesso sulla morte della protagonista esclamò: "Ma è la *Professoressa No*, la nostra commedia."

"L'hanno copiata", commentò un altro.
"No, è Sheik Rishi che l'ha copiata all'italiana", aggiunse un terzo.
L'ultimo li mandò a farsi fottere: "Non l'avete ancora capito che è la vita?"

Speranza si chinò sull'ultimo letto del reparto, sotto ai finestroni infilati dal sole. "Come si sente, signor Rishi?"
Gli occhi del padre lasciarono Sheik per posarsi sulla sua professoressa. Il volto intubato s'inondò di luce. "Gli uccelli sono volati via", disse.
"Lei è ancora giovane", mentì Speranza.
"Il vero problema non è che passa la giovinezza. È che passa la vecchiaia", sorrise il bengalese.
Sheik raccontò che di giorno, a Dacca, suo padre macinava polvere di mattoni. Di notte lavorava alla Globe Knitting, una fabbrica d'abbigliamento. "Nessuna uscita d'emergenza, porte dei piani chiuse a chiave." La notte in cui la fabbrica bruciò, dodici persone morirono soffocate nell'incendio. Il padre e pochi altri, che lavoravano al reparto filatura, riuscirono ad aprirsi un varco nella parete sfondandola con un attrezzo.
"Lui si è salvato, i suoi polmoni no."
Un'infermiera controllò la flebo:
"L'hai già succhiata tutta. Che sei, un vampiro?"
Svitò il flacone e lo sostituì con uno d'antibiotico.
Speranza la trasse da parte:
"Non gli dia del tu."
"Lei chi è?"
"Una professoressa d'italiano."

Andandosene, lasciò il suo indirizzo a Sheik.
"Tu e tuo padre vivete soli, vero? Resta con lui finché si fa buio, poi passa a trovarmi. Ci facciamo un bel piatto di spaghetti. Puoi rimanere a dormire, così domani andremo a scuola insieme."
Sheik non seppe rispondere ma era felice.

Speranza Adamoli abitava in Via degli Appennini, al quartiere Trieste, in un decrepito villino liberty dove i genitori e i nonni paterni avevano consumato la loro esistenza. Nel giardinetto trionfava una palma da datteri alta venticinque metri, che nelle torride estati romane sguainava pesanti fiori biancastri.
Sospinse il cancello arrugginito. S'immobilizzò nel vialetto di ghiaia. Sotto la palma della sua infanzia, dove giocava alla regina d'Africa o si riparava dalle sgridate paterne, era comparso un pacchetto rosso.
Scartò il regalo seduta alla scrivania del nonno Emanuele, tra la pila di compiti da correggere e quella dei quotidiani rimasti vergini.
Era la scultura di una madonnina che piangeva sangue.
Lesse il biglietto:
Il miracolo autentico è averti incontrato. Paolo.

Speranza ritrasse la mano dal telefono per un paio di volte, consapevole che certi uomini non tornano mai, ma la felicità che possono donarti brucia più cocente della delusione d'averli perduti. Si lasciò guidare dall'istinto.
"Voglio vederti, voglio stare con te", gli sussurrò.
"Da ieri non penso ad altro", le rispose.

Paolo era prenotato sul volo per Londra delle venti. L'epidemia della "mucca pazza" aveva causato altri morti, sprigionando sospetti sui mangimi che alcuni allevatori, i veri pazzi, ricavavano dalle carcasse delle bestie sterminate dall'encefalopatia spongiforme.

"Facciamo quasi lo stesso mestiere", commentò Speranza.

"Perché?" Lui ignorava la coincidenza con McDonald's.

"Non ha importanza", sorrise, "dimmi dove sei, ti raggiungo io."

Un esausto B757 della Ethiopian Airlines si staccò dalla pista di rullaggio del Leonardo da Vinci. Il carrello parve trascinarsi appresso il motel disperso nell'agro di Fiumicino. Quando la rampa interna delle scale cominciò a vibrare, Speranza era distesa sugli ultimi gradini vinta dal piacere.

Guardava senza vederlo l'aereo alla finestra, gigantesco sopra di lei. Gli amanti non sentirono neanche il cupo rimbombo dei reattori.

Il corridoio delle stanze, pochi metri avanti, era già parso loro un traguardo impraticabile, con il letto profano, le pareti carcerarie, la consapevole modestia degli incontri clandestini.

Sulle scale, sotto gli occhi di tutti, si sentirono liberi di smarrirsi poiché si erano riconosciuti. Per terra, colpevoli solo d'essere mortali, si spogliarono con una frenesia sconosciuta a entrambi. Speranza gli sfilò la cintura, poi, passandogliela sulla schiena nuda, lo trasse a sé. Paolo la mordicchiò tra il collo e la nuca. Conobbe il suo seno e i suoi fianchi. Scese.

Una scarpa nera col tacco rotolò sul pianerottolo.
Incrociarono carezze sempre più audaci, tendendosi una rete di baci segreti, di scoperte reciproche, in un inesausto e meraviglioso crescendo, finché lei si rovesciò sui gradini inarcando le reni, e Paolo entrò trattenendo il respiro nel suo mondo sommerso.

– 72:27:91
Il regista greco staccò sullo stesso corpo di donna diciassette anni dopo, abbandonato sul divano giallo di Antikythera. Il volto di Speranza, ancora splendido, distese le piccole rughe in un infinito sorriso, sulle ondate dell'orgasmo.
La guardia di Potamos abbassò gli occhi a terra.
Lesbia lo presentò al pubblico.
"Abbiamo una new entry!"
Andreas, imprigionato su una sedia con uno spesso nastro adesivo, era stato costretto ad assistere al reality-show.
Il Principe entrò in scena con un cilindro e il bastone di Emanuele. Accennò un tip tap:

*Lui è una guardia ma non sa
la sua zoccola che fa
voilà, fuck you, karyiolà*

"Toc toc", bacchettò la fronte della protagonista che riemerse dal passato. Estrasse dal cilindro una scatola di velluto blu. Speranza aprì gli occhi sull'anellino con il cammeo di corallo.
"O Romeo Romeo! Perché sei tu Romeo?" le recitò il presentatore.

Spiegò il mantello a sipario, da torero, facendole apparire il suo amico: "Il tuo mestiere soltanto è mio nemico: tu sei sempre te stesso, anche senza essere una guardia."

Una densa goccia di sangue rigò il colletto bianco della camicia di Andreas.

Lo showman gli sollevò da marionetta i piedi legati: "Che significa 'guardia'? Nulla, non una mano, non un piede, non un braccio, non la faccia, né un'altra parte qualunque del corpo di un uomo."

Speranza incrociò lo sguardo del suo corteggiatore.

"Mi dispiace."

Andreas scrollò il capo: "Perché proprio a lei?"

"Forse me lo sono meritato."

"Che bella scoperta. Roma Maestra meritava una lezione!" Il Principe spazzò via dal trumeau la foto di classe. Il vetro della cornice andò in frantumi.

"Tu che ne pensi Lesbia? Ti piacciono i cheeseburger o gradiresti un würstel?" Si carezzò con l'unghia viola la patta dei pantaloni, sorridendo vizioso.

Lesbia s'inginocchiò ai suoi piedi.

Il Principe le poggiò sulla spalla la punta d'argento del bastone. Lei la scrutò con gli occhi d'uccello.

"Io ti nomino mia Maestra di Lingua", proclamò. Poi si rivolse alla professoressa. "Lesbia ha soltanto diciannove anni, yayula", nonnina. "Ma le ho già conferito la laurea ad honorem."

Lesbia leccò la punta d'argento.

Alexandros le sfilò lentamente il bastone dalle labbra. Le incollò a sé. "Accudiscilo, è ancora piccolo. Dimostra all'antica romana come hanno fatto i greci a inventare le colonne."

Mugolò alla lezione di Lesbia.
D'improvviso, sfoderò una pistola dal mantello, la rivolse contro il cervello della guardia incitandolo a leggere il copione.
Minacciò di sparare.
"Questo e altro oggi a *Cookies*", dovette recitare Andreas.
– 70:44:29
Pubblicità.

Ad Atene, la guardia notturna dell'Hotel Parthenon entrò nel recinto della reception per il cambio. Puntò la pistola contro il portiere d'albergo imitando il Principe. "Malaka", segaiolo, lo sfotté sedendogli a fianco.
Fissarono il terminale della Grande Rete ridendo.
Sheik si affacciò al recinto con la bambina addormentata in braccio. Scoprì l'arma abbandonata sul bancone.
"Dev'essere scoppiato un incendio al secondo piano", improvvisò. "L'ascensore era pieno di fumo."
I due scattarono verso la tromba delle scale.
Lo scrittore ne approfittò per nascondersi in tasca il revolver. Speranza aveva gli occhi aperti.
"Vuoi uccidermi?"
Un'occhiata del papà bastò a farla sorridere.
Sheik discese a precipizio la rampa del garage. Aprì la portiera dell'auto a noleggio, sua figlia saltò dentro e pigiò un pulsante. La doppia cintura di sicurezza l'avvolse automaticamente. "Mi sento un pacchetto", disse.
L'auto balzò sulla rampa, imboccò la strada del Par-

thenon contromano, sbandò sollevando due ali d'acqua nera, evitò un falò di barboni all'incrocio, si sottrasse veloce alle loro bestemmie inghiottita dal buio.

Sheik digitò il numero dell'aeroporto Hellinikon sul computer di bordo. Il monitor si distaccò dalla plancia comandi collocandosi alla destra del guidatore. Lo scrittore di Dacca inserì la carta di credito per acquistare due posti sul primo volo per Antikythera. Sullo schermo comparve un'hostess di terra della compagnia di bandiera:

"Mister Rishi? Purtroppo l'isola non ha un aeroporto. Potreste imbarcarvi sul volo per Kythera in partenza fra dodici minuti. Dovrete proseguire per Antikythera in elicottero."

"Tempo previsto?"

"Piove, naturalmente."

"Per l'arrivo signorina."

"Mi scusi, dovreste farcela in cinquantacinque minuti a partire da ora. Le va bene?"

Sheik annuì, inquieto. Una volta sull'isola gli sarebbe avanzato solo un quarto d'ora per tentare di liberare la professoressa. L'hostess salutò la bambina a bordo con un ciao. Il padre sottoscrisse le clausole assicurative apponendo il pollice sul video. Ricevute le impronte digitali, una voce flautata recitò gli estremi del volo sulle note della *Marcia di Radetzky*.

Sheik si sintonizzò sulla GRI.

Un ragazzino bruno dagli occhi incandescenti stava seduto pensieroso sulle scale di un villino liberty.

"Guarda papà, sembri tu da piccolo!" esclamò Speranza.

Sheik le accarezzò la testolina: "È solo un film."
"No", rispose la bimba rannicchiandosi sul sedile.
Il bengalese sospirò di sollievo alla vista della torre di controllo dell'Hellinikon. Contava cinque possibilità su cento di farcela. Non aveva mai maneggiato un'arma in vita sua e supponeva che quelli di *Cookies* non fossero degli sprovveduti. Oltretutto non poteva rischiare la vita di sua figlia.

Sentì una voce di donna, giovane e antica, incitarlo come un tempo. "Nei momenti terribili della vita, devi reggere. Non per te, per gli altri. Per gli esclusi, i deboli, gli oppressi. Fallo per loro. Devi reggere, amore. Devi reggere."

La professoressa varcò il cancello di casa.

Sul computer di bordo, Sheik vide se stesso correrle incontro su un vialetto di ghiaia, sotto un'alta palma da datteri.

VI

Scuola Media "Ippolito Nievo"
Martedì 2 Maggio 2000
– *68:15:66 al verdetto finale*

La preside ostentò un'autorevole serenità, tradita dall'asprezza dei toni e dagli occhi sfuggenti. Aveva una sessantina d'anni, la testa sproporzionata rispetto all'esiguità della statura, vestiva come le costumiste televisive immaginano che vestano i ricchi.

"Anch'io mi preoccupo di queste famiglie di sbandati che il nostro governo lascia entrare come se l'Italia fosse un albergo", precisò. "Ma lei non può abbandonare i nostri ragazzi alla mercé di un autista per far visita a un bengalese in ospedale."

"È il padre di Sheik. Non ha nessun altro al mondo."

La preside si osservò le mani. Contemplò la massiccia pietra verde all'anulare come se non l'avesse mai vista prima.

"In merito alla faccenda di McDonald's, sto facendo l'impossibile per difenderla dalle proteste dei genitori. Mettere in guardia gli studenti dai rischi di un consumismo sfrenato è un'iniziativa lodevole. La politica, per cortesia, lasciamola a casa. Queste sono famiglie che sperano di far laureare i figli alla Rockefeller University di Manhattan. Non in Bangladesh dove le vacche sono sacre."

"Nel frattempo li abbandonano in balìa della televisione", ribatté Speranza. "Un dittatore che li fa tutti uguali. Raffiche di pubblicità fulminano le loro fantasie. Non hanno un sogno che non si debba comprare. Quando lo possiedono non sono felici. La televisione ha già impartito un nuovo sogno collettivo. 'Mamma gli altri ce l'hanno, io no'. I genitori comprano. Le multinazionali dei giocattoli ne inventano un altro. E si ricomincia. Non è terribile?"

Questa volta la preside la fissò diritto negli occhi: "Lei cosa crede di cambiare il mondo?"

"No, credo d'aiutarli a difendersi dal mondo. Lo sa che l'altro ieri, davanti a una scuola di Torino, la polizia ha scoperto un bambino di sei anni che spacciava droga? Penso che un'insegnante abbia il compito di sedurli prima che sia troppo tardi."

"Sedurli?"

"Con i romanzi, con la passione, con la rivolta."

Il fracasso di una sega elettrica distrasse la preside. Si alzò dalla scrivania e spiò giù dalle vetrate. Un operaio stava abbattendo un albero in cortile. "Con la rivolta", ripeté accostandosi a Speranza. Con tacchi e cotonatura non le arrivava al seno.

"Senta, gli anni di piombo sono finiti."

"Senta, gli anni dell'ecstasy sono incominciati."

La preside le lanciò un frettoloso gesto di commiato con la mano dalla pietra verde. "Torni in classe. Come sono indisciplinati… Fanno più fracasso della sega elettrica." Riprese posto alla scrivania. Speranza salutò, aprì la porta.

"Adamoli? Quel Rishi, ieri ha rubato. Mi ha informato personalmente il padre di Normanni. Non è la prima volta che i genitori chiedono il suo allontanamento dalla 'Ippolito Nievo'."

"Non è vero", contestò la professoressa.

"Ero certa che avrebbe risposto così. Vada pure, temo che dovremo ritornare sull'argomento."

Speranza attraversò il corridoio disadorno. Entrò in classe. Tutti si precipitarono ai banchi.

"Normanni? In piedi", ordinò tranquilla.

"Che ho fatto?"

"Ieri hai accusato di furto un tuo compagno. Da McDonald's ho taciuto per non distrarvi da un argomento più importante. Ora esci."

Normanni non si mosse. "Si è mangiato il mio McRoyal. Glielo chieda", additò Sheik. "Se questo non capisce l'italiano, mica è colpa mia."

"Rishi è indù. I vegetariani non mangiano hamburger. Fuori dalla classe." Restò sulla porta in attesa.

La ragazzina con le trecce che aveva letto il brano di Swift, domandò al compagno di banco se il cognome Rishi derivasse da risciò.

"No", sussurrò Sheik sbirciando Normanni che usciva. Abbassò lo sguardo: "Vuol dire fuoricasta."

"Fuori…casta? E che significa?"

"Come vivere sempre fuori della classe."

Sull'aereo in decollo per Kythera, il commediografo bengalese si protese commosso sullo schermo incastonato nella poltrona anteriore. Aggrappato allo schienale che gli rimandava il passato, l'abbracciava, quasi volendoci tornare.

Il passeggero davanti lo squadrò infastidito.

"Mi scusi", s'inchinò Sheik. Abbassò il volume e staccò le mani dalla poltrona, tentando di rilassarsi.

La figlia, che sbirciava *Cookies* accucciata al suo fianco, gli rivolse un sorriso comprensivo, adulto.

Speranza chiuse la porta, sedette sulla cattedra da ragazzina, le gambe penzoloni.

"Ho corretto i compiti a casa", sfogliò la risma di carta a righe. "Battistelli? Mi piace quando scrivi: 'Mio papà ha i baffi bianchi dei pesci, mi guarda muto come un pesce e io mi sento un pesce fuor d'acqua.'"

La classe, un delirio.

"Attenti", sorrise la professoressa. "Attenti a deridere le emozioni, perché soltanto i veri scrittori sanno descriverle. Bravo pesciolino."

Levrieri gli innalzò le braccia al cielo e Battistelli saltellò da fermo sentendosi Rambo.

"Poi c'è qualcuno che scrive in bengalese", tutti si volsero verso il banco incriminato, "e questa povera maestra non capisce un'acca. Per fortuna alterna la misteriosa lingua indù con lunghi periodi in inglese, addirittura, da oggi, con qualche frase in italiano. Il tema di Rishi s'intitola *Lo zio ricco*. Visto che non posso leggervelo, perché non capireste un tubo, vi racconterò la storia. Ma è vera?"

Sheik ventottenne, sull'aereo, annuì.

Lo schermo della Grande Rete sparò una luce abbagliante. Declinò nell'oro antico di un paesaggio desertico.

Jolarpar, Dacca (Bangladesh)
Martedì 26 Maggio 1998

Una fila di indù impolverati, contadini, soldati, donne fasciate da sari sgargianti, serpeggiava alla periferia di Jolarpar, venti miglia a nord di Dacca, la capitale.
Sheik, seduto in sella al risciò, guardò l'ombra magra con una piccola pancia allungarsi sulla sabbia.
Era la nuova pancia dello zio Ananda, il genio degli affari di famiglia.
Il primo della fila gridava arrabbiatissimo nel vento a un fornitore di Chittagong, reclamando una partita di vanghe e rastrelli. Ottenuta conferma della spedizione, passò il telefonino al secondo e depositò due banconote sulla catasta di soldi nella coppa delle mani del mercante di conversazioni.
La lunga coda si ricompattò sotto il sole a picco.
Dei centoventicinque milioni d'abitanti del Bangladesh, meno dell'uno per cento possedeva il telefono. Lo zio Ananda, ottenuto un prestito dalla Gramen Bank, aveva acquistato un cellulare Nokia. Ora indossava la camicia hawaiana, gli occhiali neri, le scarpe inglesi.

Una donna dal sari rosso pretese di conoscere nei minimi particolari come si erano svolte le nozze della cugina a Myanmar, nell'ex Birmania. La folla rumoreggiò.

Lo zio Ananda attraversò lo spiazzo. Esibiva un paio di baffi da parrucchiere e incedeva col passo di trionfo dei nuovi ricchi. Legò la catasta di cartamoneta con un laccio rosso:

"Tu e tuo padre potete andare in Italia."

Sheik depositò i soldi nel cestello, raggiante.

Avanti il prossimo.

Il risciò tornò indietro, passando in rassegna l'interminabile fila che si riassestò.

Sheik si voltò verso il decrepito indù che sigillava il corteo, lanciandogli i suoi migliori auguri. Poi s'impennò sui pedali impaziente di arrivare a Dacca, dal padre, per annunciargli la grande notizia.

Sullo schermo della GRI apparve il villino di Via degli Appennini. Speranza gettò gli spaghetti nell'acqua bollente e spiò Sheik: aveva finito il tema in quel momento.

Il piccolo bengalese avvitò il cappuccio dell'antica stilografica, si alzò, fece per restituirgliela.

"Non è mia", esclamò Speranza, "ma di chi la usa per ultimo. È una penna magica che trasforma i pensieri in parole. Con lei ho imparato a scrivere. Adesso tocca a te."

VII

Helden-Platz (Vienna)
Sabato 14 Ottobre 2000
– *62:25:99 al verdetto finale*

Il servizio di Paolo Aspes s'intitolava *Haider über alles*.

Il reporter con la videocamera si lasciò attraversare dal corteo di neonazisti che sfilavano con le croci uncinate sotto il balcone di Helden-Platz, da dove Adolf Hitler arringava Vienna.

"Questi giovanotti stanno celebrando il sessantacinquesimo anniversario della proclamazione delle leggi razziali da parte del Führer", spiegò Paolo in fuoricampo.

Intervistò una donna scarmigliata con la sporta della spesa. "Macché nazisti, questo è un paradiso", scappò via ridendo.

Un uomo si fece sotto: "Voialtri giornalisti dovete piantarla. Haider è stata la liberazione. Chi lo tocca muore. Lui è la voce del popolo."

Il servizio si trasferì a Klagenfurt, in Carinzia. Aspes domandò al leader nazionalista austriaco quale fosse stato il rapporto con suo padre, nazista.

Joerg Haider contemplò l'obiettivo.

Dopo una lunga pausa, rispose: "Prima o poi bisognerà accettare che i politici austriaci hanno dei genitori e un passato."

Le teste rasate di Helden-Plaz, con le fiaccole accese, inneggiarono "Heil Hitler!" al balcone buio.

In un angolo della piazza notturna, Aba Dunner della comunità ebraica viennese, dichiarò: "Noi sappiamo esattamente che cosa provocarono questo genere di manifestazioni negli anni Trenta e Quaranta. Le giustificazioni di Haider sull'Olocausto, le SS e i campi di concentramento, sono pericolose e inaccettabili dalla famiglia europea delle nazioni."

Una ragazzina con la maglietta *Haider über alles* orecchiò l'intervistata.

Le fece il saluto nazista alle spalle.

Il filmato s'interruppe e il videoregistratore restituì la cassetta.

"E le immagini che hai girato a Lodi?" chiese Speranza.

"Questo è quanto vedranno gli italiani al TG2 di stasera", rispose Paolo accovacciato davanti al televisore. "L'altra metà del servizio è stata ritenuta politicamente scorretta."

"Da chi?"

"Dal 'Nuovo Che Avanza'. Il Direttore."

"Vorrei vederla."

Paolo svuotò la sacca sul pavimento. Ritrovò la cassetta censurata; l'inserì. "Ecco quello che gli italiani non osano vedere di se stessi."

Uno striscione sventolò a tutto schermo. Sullo striscione c'era scritto: *terra concimata con urina di porco*. La manifestazione era inscenata sul terreno destinato all'edificazione di una moschea.

Un leader in camicia verde montò sul palco:

"L'ombra del minareto non oscurerà il nostro campanile. Né Mosca né moschee: non abbiamo bisogno d'insetti. Fuori i nazisti rossi dalla Padania!"

Il coro di leghisti scandì:

"Un-sogno-nel-cuore-bruciare-il-tricolore."

Paolo punzecchiò un simpatizzante vestito da cowboy: "Il Questore di Brescia è stato trasferito per aver difeso gli immigrati clandestini. Non le sembra eccessivo?"

"Eccessivo sarai te. Roma ladrona la Lega non perdona!" Il cowboy di Lodi aizzò gli altri nel tipico slogan.

Il leader strepitò al microfono: "No ai musulmani e ai musulpiedi! No ai nazisti rossi alleati con i banchieri, gli intellettuali e la loro lobby omosessuale! Basta con questo mondo capovolto. La donna? È uomo. L'uomo? È donna. Il nero? Bianco. Il bianco? Nero. Questi vecchi statalisti", proseguì la camicia verde fra gli applausi, "vogliono apparire modernisti, 'riformatori'. E che t'inventano? La libera famiglia omosessuale. Il Gay Pride è stato un campanello d'allarme. Noi non chiediamo mutande libere. Noi vogliamo la libertà della Padania. Le prossime elezioni saranno una fucilazione!"

Un boato rilevò questa sentenza.

"Fuori l'Islam da Lodi!" gridò una voce nella folla.

"Fuori i musulmani e i musulpiedi!" ribadì il leader dal palco.

L'ovazione incrociò le campane di San Pietro.

Un vescovo dichiarò alla videocamera di Aspes:

"Meglio evitare matrimoni con gli islamici."

Il monsignore della CEI annunziò che, d'ora in avanti, il Vaticano avrebbe "concesso col contagocce le dispense necessarie perché un cattolico possa sposarsi con un partner musulmano".

Paolo gli chiese le ragioni di questo giro di vite.

"Stiamo assistendo a una preoccupante islamizzazione del Paese", rispose il vescovo. "Non possiamo rimanere impotenti di fronte al tentativo di colonizzazione della fede cristiana."

"La libertà di culto è sancita dalla Costituzione", osservò il reporter. "In questo modo, la Chiesa rischia di fomentare la xenofobia."

Il vescovo si rifiutò di proseguire l'intervista. Oscurò l'obiettivo con la mano. La sua voce in fuoricampo era alterata:

"Qui si fanno trabocchetti."

"Monsignore, quali trabocchetti?"

Il vescovo ripeté: "Qui si fanno trabocchetti. Questa domanda non era concordata."

Le immagini tornarono a Lodi.

Il leader dal palco inveì contro "la maggioranza pedofila al governo", accusandola di aver trasmesso sui telegiornali di Stato le immagini hard dei siti Internet con bimbi violentati.

"Sporcaccioni. Giù le mani dai nostri figli! Noi vogliamo famiglie naturali e bambini naturali, in una Padania naturale."

Un simpatizzante rovesciò un'ampolla sul terreno destinato alla nuova moschea.

Urina di maiale.

Il coro scandì: "Né Mosca né moschee."

Il servizio s'interruppe di netto.

"A questo punto, 'Il Nuovo che Avanza', allertato dalle sue spie, ha fatto irruzione con le forbici in saletta di montaggio", spiegò Paolo. Sfilò la cassetta e ritornò sul divano azzurro, da lei.

"Ieri mattina, a scuola, ho raccontato un episodio ai miei ragazzi", rivelò Speranza carezzandogli le mani, ancora turbata dal filmato. "Un episodio della vita di mio nonno."

Sugli schermi della Grande Rete Interattiva il colore virò in bianconero.

Stazione di Firenze
Giovedì 20 Agosto 1942

Emanuele approfittò della sosta del wagon-lit per Roma. Le tre del mattino. Non riusciva a prendere sonno per via dell'afa e del tanfo del formaggio con i vermi del compagno di scompartimento, addormentato nella cuccetta superiore. Scese per rinfrescarsi. Zoppicava un poco per una poliomielite infantile. Si chinò sulla fontanella tra i binari.

Un convoglio merci si arrestò alle sue spalle con una frenata silenziosa. Nessuno salì, nessuno scese. Al giovane giornalista della *Gazzetta dello Sport* parve un vascello fantasma.

Si sciacquò il viso con l'acqua fresca, bevve, tornò sui suoi passi, aprì il portello della carrozza. In quel preciso momento, udì dei lamenti nella stazione deserta. Come un canto senza parole.

Emanuele smontò dal predellino. Passeggiò incuriosito sotto le vetture sigillate del treno merci.

Gli si parò di fronte un vagone aperto con le sbarre. Decine e decine di volti lo fissavano imploranti.

Era un convoglio di deportati ebrei destinati ai

campi di sterminio in Austria. In quel vagone, i nazisti avevano rinchiuso tutti gli zingari destinati al campo di lavoro di Salzburg-Leopoldskron.

Una piccola gitana protese una tazza di latta attraverso le sbarre. "Ti prego", sussurrò. Disse soltanto questo: "Ti prego." Aveva grandi occhi neri, raccontò il nonno, e l'accento di Napoli.

"E tu le hai portato da bere?" chiese Speranza.

Emanuele si appoggiò al bastone, abbassò lo sguardo sul fornello spento della pipa.

"No", confessò alla nipotina. "Il mio treno stava ripartendo."

La professoressa Adamoli scrutò i suoi ragazzi, uno per uno. La storia li aveva sedotti.

"La mia generazione ha chiesto il conto ai propri vecchi dei loro errori. I miei nonni, come quasi tutti, accorrevano a Piazza Venezia alle adunate del Duce. Che vi era successo? – chiedevo – per prendere sul serio quelle ridicole smorfie, le battute roboanti sull'impero, l'esaltazione della guerra, la supremazia di una razza su tutte le altre?"

Involontariamente si era punteggiata i fianchi con i pugni, come Mussolini. Se ne accorse, rise con la classe. "Visto? È facile fare i professori *dopo*. Lo sapete quanti furono i professori italiani che si rifiutarono di giurare fedeltà al fascismo?"

"Seimila", provò Battistelli.

"Duemilatrecentotrentatré", gli fece il verso Oriani, quello che imitava tutti.

"Soltanto dodici", spiegò Speranza, "non firmarono un giuramento considerato dagli altri una pura formalità. Non giurarono per una questione di coerenza, anche di stile, pagando un prezzo altissimo. Soltanto dodici eroi del no."

"Lei avrebbe firmato, prof?"

"Sì. Credo che avrei firmato."

"Perché?"

"Per paura di finire in esilio."

"E avrebbe portato l'acqua alla zingarella napoletana?"

Speranza attraversò il corridoio fra i banchi senza rispondere. Si fermò con le spalle al muro. "Il passato è il principio del futuro", disse. "Proviamo adesso a immaginarci che cosa penseranno di noi i nostri nipoti. Siamo apatici e inermi di fronte agli stessi eccidi. In Afghanistan, Jugoslavia, Africa. Anche noi distogliamo lo sguardo. I nostri treni stanno ripartendo."

"Non dovevamo fare analisi logica?" l'interruppe Giada con un sorrisino.

"L'unica differenza", proseguì Speranza, "è che allora potevi scegliere da quale parte stare. Il mostro in noi era manifesto. Si chiamava nazismo o fascismo e aveva arbitrariamente occupato dei paesi liberi. Commetteva stragi a cielo aperto. C'erano i lager, le kapò, i cani lupo. Gli stessi orrori li perpetuò il comunismo sovietico deportando i dissidenti in Siberia. Oggi il nemico si è fatto furbo. Le stragi si chiamano affari. Gli eserciti con cui si combattono mere guerre di soldi, li chiamano multinazionali. I corpi degli oppressi non sono più relegati nei lager. È sufficiente il controllo delle menti. Un filo spinato invisibile ha accerchiato il mondo, sospeso da un'antenna all'altra della TV. Quasi nessuno protesta. Sembra un cocktail universale. Ogni tanto sparisce qualcuno ma alle feste è normale. Probabilmente ha mangiato troppo. Ci hanno vinto e gli abbiamo detto grazie. Ci hanno ridotto all'impotenza e l'abbiamo scambiata per benessere aggiunto. Ci hanno comprato uno per uno e nemmeno ce ne siamo accorti."

I ragazzi la fissarono sconcertati.

Solo Normanni, dall'ultimo banco, lanciò con l'elastico il cappuccio di una biro. Levrieri, colpito sulla guancia, non reagì per l'unica volta dell'anno.

Speranza sorrise a Giada al primo banco:

"Analisi logica?... Analisi logica."

Sul divano azzurro del villino di famiglia, la professoressa sciolse le dita da quelle del compagno:

"Vuoi sapere la verità? Mio nonno non l'ho mai perdonato."

Paolo trasse un sospiro. "Sono più imperdonabili oggi, perché tutto questo era già accaduto."

– 55:00:71
Lesbia azionò la stady4.
Dalla telecamera "ragno" fuoriuscirono tre bracci snodabili. Le telecamere satelliti si posizionarono per offrire al pubblico una visione tridimensionale del salotto di Antikythera. La quarta dimensione, atemporale, servita dalla stadycam madre, continuò a trasmettere le visioni dell'italiana in fin di vita.

Speranza era consapevole. Spiò il Principe che rovesciava i cassetti del salotto violando ogni sua residua intimità, mentre il proprio inconscio continuò a irradiare sulla Grande Rete il dialogo con Paolo di diciassette anni prima.

"Hai il cervello come questi cassetti", sbuffò il presentatore elettrico svuotandole addosso il contenuto. Lettere, foto e quaderni ingialliti ricoprirono il corpo di Speranza e i cuscini.

Il Principe sedette a cavalcioni dello schienale. Stracciò in quattro un ritratto di famiglia. "Tanto sono tutti morti", si strinse nelle spalle. Lanciò in aria i ritagli.

"Uccidimi subito", lo pregò Speranza.

Alexandros guardò il cuore-timer allargando le braccia: "Che sarà mai un'oretta."

Scavalcò il divano, le luci si spensero.
Dalla regia di Atene partì la base di *Stranger in the night* di Frank Sinatra. Si accese l'occhio di bue. Il Principe cantò nella luce blu:

> *... Speranza in the night*
> *exchanging glances...*

Gli scommettitori greci di Via Vouliagmenis esplosero in un delirio d'applausi. Lo showman, un sorriso di scherno. Luci.
Sul megaschermo del teatro clandestino, Alexandros si genuflesse all'altare dell'audience e baciò la vittima sulla bocca. Poi fissò schifato la telecamera di Lesbia risciacquandosi le labbra, le pulì sul dorso della mano, la strofinò sulla giacca della guardia. Di scatto si rivolse a Speranza: "La Storia è finita. Mussolini per noi giovani è come Paperino. Mi capisci? Siamo tutti immortali nella Grande Rete. Tranne te."
Piroettò velocissimo su se stesso: "Sforzati!"
Si arrestò su una gamba sola a mani giunte.

> *Sforzati con la mente*
> *sforna un passato attraente*
> *com'eri tu quando il reporter demente*
> *ti rese la sua schiava permanente*
> *ma fallo adesso o niente*
> *altrimenti ti caverò un dente*
> *e invecchierai improvvisamente*

Imitò Speranza vecchia sdentata. Incassò un altro applauso. S'inchinò fino ai piedi.

Lesbia entrò in scena:

"Non sono d'accordo, Alex."

Il Principe sollevò la testa: "Che hai detto, Mounaki?"

"Dico che io l'ascolterei per tutta la vita. M'incanta."

"Va t'faire enculer chez les italiens!" inveì in francese. Non tollerava essere contraddetto in pubblico. "Lo vuoi capire che la nostalgica ti sta facendo fessa?" Sputò sul pavimento e calpestò la saliva col tacco dello stivale. "Mungissa", scema, aggiunse in greco. Piombò su Speranza, l'afferrò per le braccia e la scosse ripetutamente: "Ricorda quel che ti ho detto, kusobaba", vecchia stronza, concluse in giapponese, contentino per i fan del Sol levante.

La protagonista di *Cookies* si sentiva un'ostrica aperta in un blocco di ghiaccio. Oltre al capo, riusciva a muovere solo il braccio sinistro. Qualsiasi evento immaginasse, reale o fantastico, veniva catturato all'istante dai terminali e proiettato in pubblico. Neppure la più spietata delle confessioni – pensava – avrebbe potuto aspirare a un tetto di verità altrettanto alto ed esaustivo. Gli antichi cristiani che si prostravano sulla gelida pietra nelle navate delle chiese, pentendosi pubblicamente dei peccati, erano difesi dai confini della parola. Lei no. Corpo e anima erano offerti a milioni d'estranei con trasparenza assoluta, senza altre mediazioni se non gli stacchi pubblicitari e le performance del Principe e di Lesbia.

Questo scandalo di sincerità la lasciava indifferente. Da tempo era consapevole di non avere molto da perdere, tranne l'autunnale amore con una candida guardia greca. Il fuoco della sua indignazione era altro, e sarebbe risultato incomprensibile al presentatore e al suo popolo.

Riguardava tutti. Tutti quegli esseri umani che dall'avvento della televisione in poi, si erano lasciati sopraffare dal vizio degli avvoltoi, cibandosi delle carogne dei sentimenti altrui, depredando memorie, passioni, dolore. Per vigliaccheria di vivere. Con il pretesto dell'audience e delle leggi di mercato. Senza vergogna, senza morale, senza pietà.

Lo schermo si tinse di rosso e basta.

Era il suo No, un colore della mente.

Durante l'intermezzo pubblicitario, la voce del regista che si chiamava Christos, rintronò sul set. Aggiornò il Principe e la troupe sugli indici dello share. "Puntata record", disse. "Il miglior ascolto stagionale."

Alexandros non commentò, sorpreso. A suo avviso era una puntata fiacca.

"Sono stufo di presentare questa robaccia, Christos!" esclamò occhi al soffitto. "Il format è vecchio. Il programma che sogno io, inizia quando *Cookies* finisce."

"Non dirmi che vuoi passare in seconda serata", si stupì la voce d'Atene.

Il divo della GRI lacerò con le unghie la locandina di *Casablanca* alla parete. "Che ti frigge nel cervello, popcorn? Qui il massimo che possa succedere è che il protagonista muoia. Alla gente non basta più, svegliati Christos! Mentre le rotelline dei tuoi creativi fumano come locomotive del Far West, quelli della concorrenza arriveranno prima. Finirai a vendere spazzolini da denti ai semafori."

"Ma arriveranno dove?"

"Dove noi attualmente mandiamo i titoli di coda, Einstein. Il vero *Cookies* è dopo", sorrise sognante.

"Che intendi con 'dopo'?"

"Dopo la morte, se esiste un'altra vita. E non può essere altrimenti Christos, visto che sei la reincarnazione di un pollo. Dopo la morte", ripeté estatico. "Immagina la scena. La protagonista è lì", indicò Speranza, "appena uccisa. Io le incrocio le braccia sul petto. Con un tocco leggero delle dita spengo le sue palpebre per sempre. Oh, soave cadavere! Che cosa mi nascondi? Dimmi, sei nella luce bianca? Mostramela. Anticipami quello a cui tutti, un giorno, assisteremo. A chi appartengono quelle dolci ombre? Stanno venendoti a prendere, è così? I tuoi parenti, certo. Tua madre e tuo padre che ti avevano preceduto, e lui, il primo amore, giovane biondo strappato precocemente alla vita in un incidente motociclistico, in quel notturno e nebbioso sabato invernale di tanto tempo fa..."

"Sei completamente fuori di zucca, Principe."

"No, sto trasformando la tua zucca in una carrozza, invece, e quest'italiana moribonda in una principessa. Perché a me non me ne fotte niente di cosa diceva suo nonno da vivo. Mi eccita tremendamente sapere che cosa si diranno da morti!"

"Meno cinque secondi, quattro, tre…" La voce atona di un assistente alla regia risuonò nel salotto giallo.

Lesbia apparve sullo schermo a cavalcioni del bastone d'Emanuele, streghina nera e perversa. Galoppò con i fianchi ad andatura lenta, mentre la punta armata d'argento andava e veniva fra le cosce. Con voce sapientemente roca invitò il pubblico a votare per la vita o la morte di Speranza Adamoli.

"Questa domenica nessuno ha ancora indovinato dove ci troviamo", aggiunse. Spinse il bastone in fondo. "Un milione di dollari vi attende", rovesciò gli occhi con un breve lamento.

Christos inquadrò il volto di Speranza in primissimo piano. Staccò sul suo passato.

Paolo si alzò dal divano azzurro di Via degli Appennini.

"Non so voi", concluse Lesbia appoggiando distratta il bastone alla parete, dietro alla guardia, "ma io questo Paolo me lo sarei fatto non solo sulle scale, anche in garage, in ascensore e sul comignolo del tetto."

Nella platea del teatro di Atene, una donna obesa con in grembo un biscotto gigante di gomma, annuì svariate volte, ridendo concorde.

Andreas, con i polsi sigillati dietro la schiena, riuscì ad afferrare il bastone. Lo fece roteare in modo che la punta armata sfiorasse il triplo giro d'adesivo.

La visione riprese.

– 51:15:77

"Non mi avevi mai detto che eri sposato."

Paolo raccolse le videocassette da terra, le chiuse in borsa, se la gettò a tracolla. "Non l'avevo mai detto perché era come se non lo fossi."

"Però lo sei. Avresti dovuto, credo." Speranza si alzò. Lui sorrise. "Non c'è nulla da ridere."

"Volevi sposarmi?" le suggerì ironico.

Lei fissò i lunghi listoni del parquet, la finestra con la palma, il camino. Non sapeva più dove guardare perché le veniva da piangere.

Paolo le prese il mento tra le dita: "Non è come pensi tu."

Speranza si ritrasse, assentì senza credergli, lo precedette all'ingresso. Sentì la sua voce alle spalle: "Ci siamo conosciuti domenica 30 Aprile", le ricordò. "Abbiamo fatto l'amore la sera dopo, il primo maggio…"

"Sì, certo. Caro diario, oggi ne ho fatta fessa un'altra." Gli aprì la porta di casa.

"Quella stessa notte sono partito per Londra…" Speranza sbuffò distogliendo lo sguardo. "… Appena tornato mi sono trasferito qui. Sei mesi senza rimettere piede a casa."

"Un vero record per Don Giovanni. Complimenti. Ciao", spalancò entrambi i battenti.

"Stasera devo passarla con mia moglie per il suo compleanno. Fidati", scese i gradini del secondo piano.

La voce spezzata di Speranza lo raggiunse dalla tromba delle scale.

"Quanti figli avete?"

Sentì lo schianto della porta.

Sabato notte. Lungotevere delle Armi: un ingorgo.

La Citroën, un tempo color cappuccino ora soltanto lattea, s'inabissò nel sottopassaggio sorpassando a destra.

Nella piccola Lancia rossa, Speranza si tenne sulla scia, lasciando che un paio d'altre vetture s'intromettessero nell'inseguimento, a celarlo.

Paolo costeggiò il Palazzo di Giustizia, attraversò Piazza Adriana, s'infilò nelle viuzze di Borgo.

La giovane professoressa non ricordava di aver commesso una sciocchezza simile dall'estate del 1991, quando, invece di studiare per la maturità, faceva le poste a un architetto dei Parioli, guarda caso, sposato. Si appostava in motorino sotto alle sue finestre, quand'era buio, tormentandosi su quel che avrebbero potuto raccontarsi a cena, con la moglie e i figli, a escluderla. Rimaneva per strada sotto un fanale intermittente, con qualsiasi tempo, a crocifiggersi con la fantasia, compiangendosi, sterile.

A notte fonda diventava bersaglio dei pesanti apprezzamenti degli automobilisti in caccia, ma non demordeva nell'assurda attesa di veder accendersi la luce della camera da letto nuziale, presagio d'intimi discorsi a due, finché anch'essa si spegneva, gettandola in preda alle fantasie più ossessive e oscure. Da allora non aveva mai amato tanto come ora.

A sorpresa, ma puntualmente, tutto si ripeteva, condanna procrastinata e ineludibile.

La Citroën posteggiò sul marciapiede di sbieco a un portoncino laccato nero, incastonato nel tufo, sotto un arco a volta dall'insegna viola, illuminata al neon: *Controcuore*.

Speranza accostò in doppia fila a una ventina di metri dal locale. Il reporter parlottò a lungo con il buttafuori. Questi, non convinto, citofonò all'interno. Ottenuto il consenso, gli fece strada sul primo gradino. Poco dopo ricomparve sotto l'insegna.

Esistono amori ordinari e amori speciali. Se si precipita in questi ultimi mediare è impossibile. Questa era l'opinione di Speranza, anche se alcune componenti minoritarie di se stessa non la pensavano allo stesso modo. Considerata la diffidenza con cui era stato accolto Paolo all'ingresso, si armò del suo charme più risoluto e affrontò il buttafuori, il quale, senza obiettare, le aprì il *Controcuore* tirandosi da parte.

Un vapore di cuoio e profumi le saltò addosso come un cane sconosciuto.

Speranza penetrò nella ressa. Discese sulle sfavillanti piastrelle della scala a chiocciola invase da chiacchiere e corpi. Attraversò senza vederla quella vita bollente ed estranea, tagliando la marea in ascesa sulle percussioni di Khaled che scandirono l'araba *Didi*. Il cuore le anticipò, frenetico.

Un laser bucò l'intermittente penombra della pista. Il fascio di luce incorniciò il tavolino d'angolo, per due.

Dall'alto, Speranza scoprì l'appariscente bionda trentacinquenne magra e austera, in rosso Valentino, che batteva le mani all'ingresso della torta servita da una cameriera mulatta, crestina bianca, tanga nero. Paolo baciò la mano della moglie.

Lei reclinò il volto sorridendogli eccitata. Gli carezzò una guancia con la disinvoltura struggente delle coppie di lungo corso. L'applauso del centinaio di ombre circostanti precipitò Speranza nell'angoscia. Fendette lo stesso la folla.

Paolo si protese ad accendere l'unica candelina rossa.

Sua moglie, Flaminia, pronta al rito.

Un profilo tagliò il cono di luce.

Speranza spense la torta con un soffio:

"La festa è finita."

L'espressione della moglie di Paolo degradò dallo smacco al puro incanto. "Avevi ragione, come sempre" commentò rivolta al marito. Sul volto abbronzato si schiuse un sorriso abbagliante. "Speranza, sei una donna straordinaria." Flaminia applaudì l'intrusa, ridendo con le ombre.

Marylin Manson attaccò *Beautiful People*.

La sua gelosia era stata coperta dal ridicolo, ma la professoressa non accettò la lezione. Senza trovare il coraggio di guardare Paolo, svincolò il polso dalla sua presa carezzevole. Fra che razza di persone era caduta? Perché mai avrebbe dovuto subire passivamente l'etereo sorriso sdolcinato di quel biondo manico di scopa? Possibile che non fosse gelosa di lei?

Affrontò la rivale con un violento strattone, per poco non la fece volare dalla sedia:

"Cazzo, non sei sua moglie?"

Lei si ricompose. "Ma hai capito dove siamo?"

Speranza si girò squadrando la pista. Identificò le coppie che si dimenavano al ritmo spietato della rockstar dell'Ohio. Si sentì rinascere.

Controcuore era un locale per lesbiche.

Il reporter e la professoressa uscirono in strada salutati dal buttafuori. Paolo le confidò il suo segreto d'uomo solo.

"A settembre ho comprato la casa di un faro abbandonato su un'isoletta greca. Avevo giurato a me stesso di non raccontarlo a nessuno."

"A tua moglie?"

"Nemmeno a te." Appoggiò la schiena alla Citroën, le cinse i fianchi. In quel momento uscirono la moglie con la compagna. Una brunetta dal viso languido e gli occhiali di strass. Passarono davanti chiacchierando eccitate, quasi di corsa.

Le coppie si scambiarono un sorriso di complicità.

"Volevi fare il fu Mattia Pascal?" Speranza gli mordicchiò il collo.

"Volevo semplicemente farmi da parte. Quest'Italia di mediocri trionfanti io non la reggo più."

"Vuoi lasciarmi a combattere da sola?"

"Non l'hai ancora capito che abbiamo perso?"

"Dobbiamo pure srotolargli i tappeti davanti?"

"Quale sarebbe l'alternativa: le bombe?"

"Sei matto? Le nostre facce."

"Le loro giganteggiano su tutti i manifesti. Raggianti."

"Vorrà dire che passerò la vita saltellando da un cartellone all'altro, piantandomi di sotto a braccia conserte con la faccia incazzata. Un automobilista mi vedrà. O un pedone. Un ciclista. Un nano. Qualcuno."

S'inchinò su di lei: "Fammi la faccia incazzata."

Speranza corrugò la fronte. Rimboccò le labbra da scimmia. Lui la baciò con quanto amore aveva in corpo.

Decisero di lasciare la Lancia davanti al *Controcuore* per tornare a Via degli Appennini insieme.

Attraversarono Roma da latitanti. Entrambi provavano, senza saperlo, una sensazione furtiva di totale estraneità. Che fossero nati e cresciuti in quei quartieri era una verità restituita all'Anagrafe. Solo i monumenti corrispondevano. Nulla di quanto avevano condiviso da ragazzi con i bar e le case, i viali e i cinema, i lungotevere e le chiese, aveva più lo stesso sapore.

Era cambiata l'aria, l'umore sotterraneo della città. Il Giubileo l'aveva ringiovanita. Uno splendore di facciata con l'amarezza di un lifting. La profonda mutazione in corso nei sentimenti e nei valori della gente si era trasmessa alle loro strade, ai vicoli, ai palazzi, contagiandoli. Perché stupirsi se ormai, attraversandola, essi stessi non facevano caso neanche ai portoni degli ex amori?

Il Paese intero si stava consegnando, mani e piedi, al culto del disimpegno. Alla repubblica dei sogni. Al regime del benessere forzato in cui occorre morire ricchi per entrare nel paradiso dei soldi.

"Come si chiamerebbe quest'isola dove andremo in esilio?" sorrise la professoressa.

"Antikythera", rispose l'ultimo amore.

Il Principe con il mantello acceso li guardò dissolversi nel buio diciassette anni dopo quella notte d'autunno.

Si rivolse alla protagonista del suo show:
"Non pretendo che tu mi capisca. Però quello che stai subendo qui è giusto. Chi non sa reggersi sulle proprie gambe è meglio che si sacrifichi per la vita di tutti."

Andreas, alle sue spalle, era quasi riuscito a liberarsi. Affrontò l'ultimo filamento d'adesivo. Segandolo, il bastone gli scivolò di mano. La guardia riuscì ad afferrarne la punta armata prima che si schiantasse in terra, ferendosi a sangue.

"Oggi il biscotto avvelenato è capitato a te", soggiunse Alexandros. "Accettando di mangiarlo hai allontanato da noi i veleni del mondo. Noi ci purifichiamo nel pozzo della tua memoria. Noi facciamo cultura. È grazie a protagonisti come voi che *Cookies* svolge il suo insostituibile servizio pubblico. Ecco, volevo che comprendessi bene perché ti faccio tutto questo."

S'inchinò cavalleresco: "Thanks, Madame."
Speranza lo guardò negli occhi soltanto ora:
"No. Tu lo fai per il successo."
"Ma va?" Il presentatore spalancò ridendo il mantello costellato di programmi. A Speranza parve un pipistrello con le ali spiegate. Dietro di lui, comparve Andreas. Alzò il bastone per abbatterlo.

Con un guizzo improvviso, il Principe rovesciò il braccio destro dietro la schiena. Senza voltarsi conficcò le unghie negli occhi di Andreas. La guardia lanciò un grido. Ricadde in ginocchio.

Uno dei monitor sul mantello era uno specchio.

"Quattro!"
Christos schioccò le dita nella regia di Atene.
Il led verde lampeggiò sulla quarta telecamera.
Il regista aveva staccato su Lesbia per dare modo alla troupe di sgombrare il campo principale dal corpo della guardia.

"Vi gusta questo programma? Allora non dimenticate di gustarvi *Cookies, i Biscotti del Principe!*" ricordò Lesbia.

Il cartone animato delle avventure di un biscotto gigante di gomma, con una siringa in testa, si animò sullo schermo.

La nera diciannovenne sbirciò i suoi attrezzisti. Stavano immobilizzando la guardia nell'identica posizione precedente.

Andreas alzò il viso graffiato a sangue.

La truccatrice lo tamponò premurosa con un batuffolo d'ovatta. Lesbia si ritoccò le labbra di rosa pallido.

Quando si sentì di nuovo inondata dalla luce ardente dei quarzi, sorrise deliziosa nominando gli altri sponsor.

La catena degli *Eurodiscount*. La compagnia di crociere *Viaggi della mente*. La svizzera *Rigenerix*, multinazionale farmaceutica degli organi di ricambio.

Alexandros tornò in onda sulla telecamera uno.
Presentò platealmente l'italiana:
"Speranza Adamoli, maestra di vita!" Rifletté a braccia conserte, annuendo a se stesso. "Una specie in via d'estinzione!"
Applausi.

— 45:11:09
Sheik raccolse da terra una foglia morta.
Era il martedì precedente le vacanze d'Ognissanti.
La professoressa aveva accompagnato i suoi ragazzi nel Parco di Villa Borghese. Scompigliò i capelli al più amato e accettò la sua foglia. Sedettero in cerchio sul prato.
"Vi ricordate qualche specie in via d'estinzione? Ne avevamo parlato due settimane fa."
Sheik disse le foche.
Giada le farfalle tropicali e gli abeti bianchi.
Battistelli i delfini.
Un pensionato sulla panchina si guardò intorno senza capire dove vedessero tutti quei gorilla, panda, orsi bruni e cervi sardi.
L'ultima fu una ragazzina: "La steleta!" Viveva a Roma ma era di Pieve di Cadore.
"La stella alpina", annuì Speranza. "Poi ci sono altre specie di cui nessuno parla", aggiunse abbassando la voce, misteriosa.
"Che muoiono?"
"Purtroppo sì, però voi potete salvarle."
"Piante, mammiferi o pesci?" l'interrogò Giada.

"Le parole", rispose. "Le parole muoiono al ritmo di una, due al giorno. Lo sapete che le parole sono esseri viventi?"

"Questa è pazza", commentò Normanni a Levrieri. Si accorse che lei aveva sentito.

"La classe non c'è", Normanni si alzò dal gruppo guardandosi intorno. "Che faccio, esco da Villa Borghese?"

"No, mi hai fatto un complimento", la professoressa lo richiamò a sedersi sulle foglie secche. "I pazzi sono persone fuori dalla norma. Io ti auguro, quando sarai grande, d'essere diverso da tutti gli altri." Li passò in rassegna con tenerezza: "Vorrei che tutti voi foste speciali."

Batté le mani: "Attenti! Ho *parlato* a Normanni? O invece ho *conversato* con lui? Oppure potrei aver semplicemente *discusso*, o *chiacchierato*, o *ciarlato*, *bofonchiato*, *inveito*." Sussurrò: "*Mormorato*." Gridò a squarciagola: "*Strepitato!*"

Irritato, il vecchio abbandonò la panchina.

I ragazzi le sorrisero a bocca aperta. Speranza sospirò di sollievo. "Le parole non devono morire", riprese. "O rischieremo di non capirci più l'uno con l'altro. È triste non comprendersi, sapete?" Si rivolse a Normanni: "Tu desideri tanto che io sappia chi sei veramente, però usi la parola sbagliata. Quella giusta cade dal vocabolario come una foglia. Non conoscerò mai la tua verità, né tu la mia. Non ci siamo intesi perché eravamo stranieri? Troppo diversi l'uno dall'altra? Eravamo destinati a non comprenderci? No. La parola giusta non esisteva più."

"Che ci vuoi fare?" Normanni si strinse nelle spalle.

"Puoi *darti da fare*. Puoi *fare scuola*, puoi *farti animo*, puoi *fare a botte*, puoi *fare un colpo*, puoi *farla franca* e puoi *non farcela*. Se mi dici solo *fare* non basta. Io potrei..."

"Travisarti!" precisò una vocina.

Speranza ebbe un tuffo al cuore. "A te chi l'ha detto?"

"Non lo so."

Era Sheik.

Levrieri scattò la foto di gruppo sulla terrazza del Pincio.

La professoressa si appoggiò alla balaustra fra due grossi cannocchiali puntati contro il cielo di Roma.

Quando il ritratto di classe riprese vita, Battistelli le domandò preoccupato: "Se tutte le parole muoiono, io come ci parlo con mio padre?"

"A grugniti", arricciò il naso. "Anzi, come i pesci", boccheggiò. "O come si parla oggi: in esperanto gestuale."

Giada sgranò gli occhi: "Esperanto gestuale?"

"Il linguaggio dei gesti, quello di Stanlio." Speranza sfilò una bombetta invisibile e si grattò la testa.

"Ma che cos'è l'esperanto?"

"L'esperanto è la lingua che dovevano usare gli europei prima che decidessero d'adottare l'euro."

Gli studenti della 2ªB proprio non potevano capirla.

"Non fate quelle facce", scherzò la professoressa. "Questa ve la spiego l'anno prossimo."

VIII.

Gerusalemme
Mercoledì 1° Novembre 2000
– 41:25:40 *al verdetto finale*

Si svegliò per un'intermittenza del cuore.
Stava sognando una gabbia che volava con la porticina aperta. Nel buio seppe di trovarsi all'Hotel Mount Zion di Gerusalemme e che Paolo le dormiva a fianco.
Controllò con la mano. Così era.
Un'altra intermittenza. Ricordò il giorno prima, quando tutti erano volati fuori dalla gabbia della scuola, tranne lui. Sheik si era avvinghiato ai suoi fianchi, tremando. Avrebbe trascorso le vacanze d'Ognissanti al Policlinico, seduto accanto al letto del padre.
Alla luce discreta dell'abat-jour di legno d'ulivo, scoprì sulla sveglia da viaggio che erano appena le quattro e cinque del mattino.
Una doppia intermittenza le indusse la paura di morire dei dormiveglia, quando si è ancora incerti di vivere.
Speranza attribuì la causa alla stanchezza. L'aereo

era atterrato al Ben Gurion di Tel Aviv neanche tre ore prima, e nella stanza il condizionatore era guasto.

Uscì sul balcone.

L'aria fresca sapeva di zucchero filato. Guardò le cupole dalle chiome d'oro e i merletti azzurri dei minareti. Il viso gentile da sventurato di Gerusalemme.

Ancora un tonfo.

Si posò la mano sul cuore. Batteva regolarmente. Alzò gli occhi e capì.

Il cielo eterno di Gerusalemme si era fermato.

I proiettili trincianti lo solcarono colpendo il rione ebraico di Ghilo.

Gli israeliani risposero con una raffica di razzi su Tanzim.

Una stella si arrese, caduta.

A letto risentì la voce del tassista palestinese, all'arrivo a Gerusalemme: "Stamattina, una colona dei Territori che doveva partorire, è stata prelevata con un cingolato nel mezzo di una battaglia."

Si aggrappò al corpo di Paolo come al tronco di un fiume.

Scivolò nel sonno.

Il muezzin gridò che Allah era grande, Maometto il suo profeta. Speranza restituì a un guardiano di Dio il mantello con cappuccio, color caffè. Uscirono, fra spintoni e litanie, dall'unico varco libero della spianata delle Moschee. Tutti gli altri ingressi erano presidiati da militari in assetto di guerra.

Intravide in controluce i corpi celesti delle cupole arabe raffiguranti il sole e la luna. Paolo le ammiccò distratto parlando al cellulare con un informatore di Hebron. Riattaccò. Chiese qualcosa in yiddish a un seminarista in caffetano con il codino. La raggiunse.

"Tu sei ebreo?" gli domandò incuriosita.

"No, reporter fai da te", rispose accendendosi la pipa. "Pare che pochi istanti fa, un'autobomba impazzita abbia seminato il panico nel quartiere armeno", soggiunse alla seconda boccata. "Non avrei dovuto farti venire."

"Neanch'io a te."

Visitarono il Muro del Pianto. Su ogni pietra del Monte dei Templi lei scorse le impronte degli angeli e dei profeti.

"Questo è l'ultimo muro di Berlino", osservò Paolo.

Al confine tra i due mondi, le insegne delle botteghe israeliane e palestinesi recitavano lo stesso rosario globale: *Jewellery*, *Snack*, *Stores* e *Pizza*.

In un suq della Città Vecchia, lo pregò d'attenderla per cinque minuti. "Segreti da femmine", sussurrò enigmatica sulla sua faccia interrogativa.

Il reporter, fumando immobile, contemplò le nude gambe modellate discendere nel chiasso del vicolo con andatura svelta, incantato dal portamento flessuoso di Speranza che attraversò controcorrente la folla, finché l'ardita gonna gialla fu cancellata dalle severe palandrane dei rabbini.

Ritornò quasi puntuale con una busta sigillata.

"Cose da beduine", tutto quello che disse.

Il tassista israeliano che li condusse al Monte degli Ulivi assomigliava a Yasser Arafat, tranne per la kefia, ma solo perché non era palestinese e aveva la testa scoperta.

Raccontò che lui e la moglie avevano messo i sacchi di sabbia alle finestre e la notte, durante le sparatorie, scivolavano dal letto strisciando come marines.

Paolo gli chiese a bruciapelo se era vero che nessuno a Gerusalemme riusciva più a far l'amore.

La Mercedes sbandò leggermente.

Il tassista si voltò con il naso e le guance arrossate:

"Dipende da chi sta attaccando quella notte, se noi o loro."

Nell'Orto dei Getsemani ammirarono la pietra sulla quale il Cristo si era ritirato a pregare.

Nella folla, una suora si affacciò tra i due.

Paolo intrecciò la mano con la sua.

Un violento strattone lo dissuase.

"Ei!"

La suora sfrattò la mano morta.

Il reporter le restituì un'occhiata altrettanto scandalizzata.

Speranza era scomparsa.

La cercò dovunque: nella basilica dei crociati non c'era e neppure nella grotta del tradimento.

Dopo un pellegrinaggio labirintico fra pullman e moltitudini d'ogni nazionalità, individuò finalmente una macchia gialla rannicchiata sotto l'ultimo degli ulivi.

Sedeva con la schiena al tronco e le gambe raccolte. Gli sorrise da lontano continuando a scrivere su un cartoncino bianco posato sulle ginocchia.

La sua voce si diffuse nella Grande Rete del 2017, materna e leggera come allora.

... No, io non ti ho abbandonato. Ti penso anche da qui, dal Monte degli Ulivi dove, una notte di duemila anni fa, un uomo scalò le vette della solitudine, tremando nel panico dell'abbandono. Non quell'onnipotente dio straniero che ti abbiamo insegnato a scuola. Un dio così uomo da sudare sangue. Un uomo che aveva il terrore di morire. Lasciato solo dai suoi amici addormentati. Abbandonato dal suo stesso padre.
"Abbà", supplicò il cielo in cui tutta la sua eternità era contenuta. "Abbà, padre, poni via da me questo calice amaro."
Ma quella notte non c'erano compassionevoli stelle, né padri o maestri in cui rifugiarsi. Così accettò il tradimento della vita, rimettendosi alla volontà del cielo, per amore dei fratelli che stavano per ucciderlo.
Ecco, mio tenero Sheik, solo questo la tua maestra voleva dirti. Da un piccolo grande uomo come te, ho imparato il segreto dell'amore che non chiede.

Sull'aereo che lo portava a Kythera, lo scrittore bengalese contemplò la sua Speranza: dormiva con il capo reclinato sull'oblò. La luna si accese nell'intrigo di nuvole sul mare agitato.

Sheik ripiegò la lettera ingiallita dal tempo, l'infilò nel portafogli dove la custodiva da sempre, ripromettendosi di leggergliela quando sarebbe cresciuta.

Sempre più inquieto, con un occhio al cuore-timer, s'immerse nelle ultime visioni della vittima dell'audience.

Paolo e Speranza ritornarono in albergo sul taxi di Arafat. Ormai era il suo soprannome ma si guardarono bene dal rivelarglielo. "Devo andare nella striscia di Gaza. Da solo", le mormorò il giornalista all'orecchio. "Mi ha avvertito un informatore israeliano."

Il tassista lo fissò dallo specchietto retrovisore. Accese la radio per discrezione. Nella Mercedes risuonò *Manhattan-Tel Aviv* di Noa.

"Pare che a Netzarim faranno fuoco e fiamme."

"Ma è pericoloso!" Speranza guardò dal finestrino la camionetta di soldati che il taxi sorpassò. "Non è giusto."

"Con chi te la prendi? Destino dei freelance. Stiamo sulla notizia mentre i corrispondenti stanno in albergo."

"Quando vai?" ribatté mostrandosi serena.

Paolo lesse "aiuto" nei suoi occhi azzurri.

"Domattina. Mi farò scortare da Arafat." Sporse le labbra in fuori e girò un mazzetto di dita a mulinello, come a dire che era tutto combinato.

Speranza fu costretta a ridere.

Il pomeriggio restarono in camera.

Paolo si era fatto prestare dall'albergo una vecchia Olympia elettrica. Lei, tre candelabri che illuminavano fiocamente la stanza. Il reporter stava battendo gli appunti per il servizio che aveva in mente di girare, picchiò sui tasti l'ultima parola, si precipitò a controllarla a due centimetri dal foglio. Nella penombra, invece d'Emirati Arabi, aveva scritto *Emigranti Barbari*.

Fece leva contro la scrivania e si dondolò sulla sedia.

"Amore? Puoi spiegarmi il senso di farsi il bagno a lume di candela se si tiene la porta chiusa e le candele sono rimaste qui?..." Sentì il lieve ciangottio dell'acqua. Capì che si era alzata dalla vasca.

"Non le avrai spente!"

"No, ma non ci vedo comunque", rispose Paolo alla porta del bagno. Restò in bilico sulla sedia. Chiuse gli occhi. Batté "Emirati" correttamente.

Ci riprovò. Richiuse gli occhi. Scrisse "Arabi".

"Sai quando Borges capì di essere il più grande poeta del Novecento? Quando perse la vista."

Proseguì come un pianista cieco.

Una musica araba l'investì con un vapore umido d'incenso. La porta si era spalancata senza che se ne fosse accorto. Il riflesso della luce del bagno si spense sul foglio.

Continuò a battere sui tasti. Si accostò al rullo per rileggere, sfiorandosi la guancia con la mano. Ancora quelle piccole onde di vento gli vennero incontro carezzevoli. Distratto si volse alla sua destra.

Speranza indossava un completo palestinese da danzatrice, bianco e oro, comprato al suq. Dove diavolo aveva imparato una delle danze meno facili del mondo?

Paolo rimase interdetto, tamburellò sui tasti, imbarazzato. Pensò a uno scherzo, e con un gesto ironico della mano scacciò via l'immagine, sorridendo con la pipa tra le labbra.

Tornò a guardarla. La sua bellezza era così elegante e il suo ancheggiare così lieve e misurato, da non lasciare spazio all'ironia.

Posò la pipa sulla macchina da scrivere.

Smise di dondolarsi.

La stoffa trasparente celava ed esibiva i contorni e i segreti delle forme perfette. Il seno, esaltato dalla stretta fascia superiore del costume, sussultava in armonia con i fianchi che salivano e scendevano sulle spirali del flauto. Il ventre teso e liscio sembrava privilegiare i tamburi, mentre cento rosari di perline guizzanti tintinnavano dalla cintura, insinuandosi fra le cosce nude e tornite che balenavano nella spaccatura della gonna di seta.

Lei non ancheggiava. Era il ventre che incedeva verso di lui ad ogni impercettibile rotazione dei fianchi, tanto da fargli ritenere, a tratti, che si trattasse di uno spostamento contrario, all'indietro. Quel corpo lo stava seducendo con il massimo di voluttà nel minimo del movimento. E tutte le volte che lui lo riconosceva, si smarriva scoprendone un tratto diverso.

Nel gioco di luci e ombre dei candelabri, i suoi occhi gli apparvero oscuri e stranieri. Si affacciavano sopra il corto chador, ignari della congenita riservatezza della donna alla quale erano appartenuti fino a poco prima. Sembravano non riconoscerlo, tanto che Paolo quasi se ne spaventò.

Lei serpeggiava in un'altra dimensione e ogni centimetro della sua pelle l'invitava a seguirlo su questa nuova strada.

Paolo si sbottonò il colletto della camicia, deglutì. Non poté resistere alla tentazione immediata di fissare quei fianchi che avanzarono di un poco.

Per un attimo riuscì a incrociare il suo sguardo, le sorrise. Gli parve che anche le labbra si fossero dischiuse sotto la rete dorata dello chador. Non ne fu certo, e per quanto assurdo gli potesse sembrare, si domandò se la danzatrice non fosse in effetti un'altra.

Lei indietreggiò. Temette di vederla sparire per sempre.

Poi le distanze fra i loro corpi si accorciarono ancora.

L'esplorò con lo sguardo, spiandola come una straniera. Comprese di aver fatto l'amore soltanto con alcune parti di lei, mentre ora tutte insieme stavano danzando per lui solo.

Il ventre nudo s'inarcò davanti al suo viso. L'osservò ipnotizzato e una perlina gli sfiorò il mento. I fianchi ondeggiarono all'indietro. Si protesero sull'acme dei tamburi.

Per la prima volta nella vita seppe di trovarsi di fronte a una femmina assoluta.

Inalò il profumo tiepido della sua pelle.

La musica cessò.

Le fiammelle del candelabro fluttuarono con lei.

Paolo le spense con le dita.

Speranza si era svegliata a mezzogiorno, senza trovarlo.

Le campane cristiane e il canto del muezzin avevano recitato un'orazione concorde al dio diviso di Gerusalemme.

Scivolò fuori dalle lenzuola in preda a una tristezza radiosa, quella dei grandi amori che crescono di luminosa intensità con il presagio della fine.

Ordinata una tazza di cioccolata calda, la sorseggiò appoggiata alla balaustra del balcone, con indosso la vestaglia di Paolo come una reliquia. Aggiunse un cucchiaino di panna dal vassoio. Rimescolò il sapore inconscio dell'infanzia con il gusto felice e consapevole della sua più adulta notte di donna.

La situazione in città sembrava tranquilla

Gerusalemme la guardava come una vecchia amica venuta a salutarla sotto casa.

Udì soltanto una raffica isolata di là dalle antiche mura.

Speranza rientrò in camera. Puntò sul televisore il telecomando satellitare. Un telegiornale italiano le distillò l'epoca in cui viveva con minuscole gocce di fiele.

New York. Branco di venticinque ragazzi, il minore di nove anni, stupra piccola minorata. Bruxelles. La Comunità Europea informa che il quindici per cento dei cittadini dell'Unione si sente "disturbato" trovandosi a tu per tu con persone di nazionalità, razza e religione diverse dalla propria. Napoli. Il parroco di Avola, don Fortunato di Noto, si dichiara costretto a chiudere Telefono Arcobaleno, l'associazione in lotta contro gli abusi sessuali ai bambini. Accusa "una potentissima lobby pedofila, composta da menti raffinatissime annidate in ogni angolo".

S'ipotizzavano omertà nel Governo.

Speranza percepì un'accentuazione apocalittica nella denuncia del sacerdote. Era un'informazione inscatolata nell'altra e confezionata in un pacco bomba. Nessun artificiere del telegiornale la disinnescò. Era una notizia o l'ennesimo linciaggio alla presunta Madre di tutti i Mali, la politica?

Il pulpito da cui il parroco scoccava la freccia avvelenata era inviolabile. La purezza dei bambini. Speranza s'indurì:

"Fuori i nomi o piantala", pensò. "Non fare qualunquismo sulla loro pelle."

Il tempo di riflettere sulla verità del parroco di Avola fu tempestivamente invaso dal sondaggio calcistico: "Ancelotti va cacciato?" L'interludio sportivo si dissolse con un morso. Quello rabbioso con cui un diciassettenne piacentino aveva staccato la falange dell'indice a un compagno in discoteca. Motivo? Il protrarsi della fila all'ingresso. A Milano, nel frattempo, sfiorata la guerriglia urbana tra il Fronte dei Cittadini, sceso in piazza contro la realizzazione di una moschea, e i giovani arrabbiati dei Centri Sociali.

Ultima notizia prima della moda, l'anniversario dei venticinque anni dalla morte di Pasolini.

L'autore del servizio descrisse il più acuto e sferzante intellettuale italiano del dopoguerra "sgradevole" ma, bontà sua, "necessario".

Speranza puntò il telecomando come un kalashnikov.

Spense.

Ricordò una battuta di Pasolini: "Bisogna essere folli per essere chiari." E quel bosco di pioppi del Friuli dove, da ragazzino, il futuro poeta si radunava con una compagnia di piccoli coetanei a bestemmiare e cantare come uccelli.

Anche lei ebbe voglia di bestemmiare per il disprezzo che ancora portavano a Pier Paolo e agli ultimi, isolati cervelli non allineati d'Italia.

Il suo Paese era precipitato in un'ambiguità feroce, cupa e pettegola. Un brodo d'immagini televisive nelle quali nuotavano tutti, tutti avevano diritto a dichiarare tutto, il contrario di tutto, e nessuno si sentiva in dovere di smentire né una cosa né l'altra. Recentemente aveva ascoltato un autorevole membro del partito erede di Mussolini, dare del fascista a Norberto Bobbio, l'intellettuale antifascista per eccellenza. Se era un'accusa si era smentito lui, se un complimento si smentiva da sé.

Ogni giorno la stessa microtortura, ogni notizia una puntura di spillo, una piccola parte di lei portata via dalla corrente. Erano scomparsi i grandi nemici e non s'intravedevano muri da abbattere. Solo di questo Speranza si accorgeva la sera: anche oggi l'avevano trafitta con centinaia di punture di spillo.

Si moriva lo stesso ma rimanendo invisibili.

Sentì un trambusto in corridoio. Dei passi di corsa in avvicinamento. Colpi violenti alla porta.

"Madame? Madame!" Una voce soffocata, stridula. "Mrs. Aspes!" Il cognome di Paolo.

Spalancò la porta. Aveva già il viso in fiamme.

"Che è successo? Che gli hanno fatto?" gridò.

Il direttore d'albergo indietreggiò mostrando le palme aperte delle mani: "No problem", mentì. "No problem, Madame."

Spiegò che gli avevano telefonato dall'ambasciata italiana a Tel Aviv. Paolo Aspes era stato ferito nel corso di un conflitto a fuoco. Non gravemente, giurò inchinandosi fino a terra come se il cecchino fosse suo fratello.

Il direttore accostò la porta, a testa bassa.

Mentre parlava, aveva visto la vestaglia crollarle ai piedi.

La porta si riaprì, era vestita.

Speranza attraversò di corsa il corridoio, il direttore appresso. L'ascensore era bloccato all'ultimo piano. La professoressa discese le scale a precipizio, lui dietro sbraitando ordini nel cellulare. Quando uscirono in strada, la Cadillac gialla dell'hotel l'attendeva con il motore imballato.

"Hadassah University Hospital!" strillò il direttore all'autista. La Cadillac schizzò in avanti. Speranza rimbalzò sullo schienale con una frustata alle spalle.

Nel traffico di Gerusalemme, pianse l'ingiustizia di

essere stati felici per un tempo così breve. Ma il direttore aveva fatto bene a chiamarla signora Aspes, si era sentita sua moglie sin da quell'insulso banchetto per Padre Pio, al quale un miracolo almeno avrebbero dovuto riconoscere: d'averli fatti incontrare.

Si scaraventò giù dalla Cadillac mentre l'autista stava accostando davanti all'Hadassah. Quello inchiodò; la portiera si richiuse a tenaglia, scalfendole la schiena. Speranza neanche se ne accorse, sorpassò gruppi di parenti in visita, poi rimase bloccata davanti alla porta girevole dell'ospedale.

Sospinse contrariata uno spicchio a vetri per accelerare l'evacuazione delle ombre che l'occupavano, si tuffò all'interno a testa bassa incappando nel torace di un uomo. Aveva la giacca ripiegata sul braccio destro, la manica sinistra della camicia sforbiciata, una voluminosa medicazione all'avambraccio.

Il loro incontro bloccò definitivamente la porta girevole dell'ospedale di Gerusalemme.

Speranza era tentata di sequestrargli la telecamera. Un'occhiata del reporter la convinse a non mettersi mai fra moglie e marito. In cambio, Paolo dovette accontentarsi di un'insipida colazione in camera. Lei aveva rifiutato qualunque ristorante "koscher" o fast food palestinese non "al coperto dell'albergo". Unica alternativa: l'ambasciata italiana a Tel Aviv.

"Una pallottola di un fucile mitragliatore mi ha colpito di striscio", minimizzò Paolo. "Che fai, non mangi?"

Speranza appoggiò i gomiti sulla tavola apparecchiata in camera perché "sul balcone è pericoloso", stringendosi la testa nelle mani. Stava facendo i conti con il mestiere del compagno. Un reporter d'assalto, un cane sciolto, un uomo ruvido, indipendente, senza lobby giornalistiche alle spalle.

"Che cosa hai girato?" gli chiese dopo questo silenzio.

L'espressione del volto dell'uomo mutò radicalmente.

"Una terribile tenerezza", rispose buio. "Un padre e un ragazzino." Non poté proseguire.

Lei rimase inebetita a fissarlo. Magro, alto, diritto sulla tavola, con quelle lacrime che gli solcavano le guance e ricadevano sul piatto come piccole, silenziose gocce di pioggia di un nubifragio interiore che l'aveva devastato.

"Oggi ho capito che vuol dire essere padri", soggiunse.

Speranza gli coprì una mano con la sua. Non l'aveva mai visto così sofferente, fragile e forte come ora. Sentì il bisogno assoluto di condividerlo fino in fondo. Era necessario che vedesse le stesse immagini.

Paolo scosse la testa.

Speranza annuì.

Il reporter si alzò senza obiettare, raccolse la telecamera dal divano, la poggiò sulla tavola, riavvolse il girato.

Attraverso l'obiettivo, lei assistette alla scena così come gli occhi del reporter l'avevano catturata dalla realtà consegnandola alla Storia.

Si chiamava Rami Al Durra. Aveva dodici anni e un visetto ribelle. Saltellava intorno a suo padre, lungo una stradina polverosa di Netzarim, raccontandogli qualche epica azione di un famoso calciatore, o un'avventura capitata a scuola, o un buffo sogno. Ma aveva commesso un peccato imperdonabile. Essere nato nella striscia di Gaza.

Di colpo, la bianca strada si trasformò in un campo di battaglia. La videocamera traballò continuando a filmare Rami e il suo papà che cercavano scampo alle pallottole d'israeliani e palestinesi. Si nascosero dietro un muretto, schermati da un bidone di metallo.

Rami gridava, gridava. E suo padre lo protese come poteva, avvolgendolo a sé con un braccio, facendogli scudo con il proprio corpo, cacciandoselo dietro la schiena, il più rannicchiato possibile, mentre dal muro si alzavano le nuvolette di polvere dei mitragliatori assassini.

E Rami gridava, gridava. Suo padre si sporgeva dal muro, gli occhi temerari di un falco cacciato dai bracconieri studiavano impossibili vie di fuga. Altre pallottole, altra polvere.

E Rami gridava.

Poi si alzò una nuvola più bianca di tutte. Quando si diradò, si vide qualcosa d'innaturale, di storto.

Il ragazzino dal viso d'angelo ribelle era disteso di traverso fra le braccia del padre. Lui lo scosse. E lo scosse ancora. Poi anche il suo corpo si arrese.

L'unica cosa rimasta viva fu il muro, a sostenerli.

Speranza riconobbe la terribile tenerezza di cui Paolo le aveva parlato. Era *La Pietà* di Michelangelo.

E Rami non gridava più.

Al tramonto attraversarono l'Haas Promenade, dove i millenni confluivano nella stessa immagine, quella dei grattacieli delle banche on line con la Gerusalemme Vecchia dei bazar.

Paolo le raccontò di un collega italiano, corrispondente di un settimanale politico d'attualità, che nel suo ufficio di Tel Aviv trascorreva le giornate a chattare fingendosi donna. Si presentava come Vivian, modella cubana diciannovenne delusa dai maschi e dalla vita. Corredava le sue e-mail, per rendere il trucco credibile, cliccando ai quattro continenti le foto rapinate, sempre sul Web, dal book di un'aspirante Miss di Cayo Largo.

"Un gioco apparentemente innocuo", osservò, "sta diventando un vizio dalle conseguenze incalcolabili sulla psiche della gente. Internet apre le porte alla schizofrenia latente di ciascuno. Chi sono, oggi? Mr. Mattew Powell, pastore luterano di Filadelfia, acerrimo sostenitore del Millenarismo? O Wanda Fedorenko, cubista polacca del *Bandiera Gialla* di Rimini?"

"Non sarà lo stesso che identificarsi in Madame Bovary o nell'eroina di una soap?"

"No, perché con Internet è caduto l'ultimo velo: la copertina del romanzo, la sigla dello sceneggiato, la firma dell'autore. In chat tu non guardi, *sei*. Non immagini, *agisci*. Incidi sul destino di chi intreccia una relazione con te, credendoti vero. La trappola scatta dopo: quando spegni il computer e devi indossare il vestito grigio della tua identità rimossa. Pesare venticinque chili di più, confrontarti con la tua autentica età, e tuo figlio che ha problemi d'asma, il conto della parrucchiera, il bollo scaduto della Panda."

Passò un'autoblindo con un soldato in assetto di

guerra nella torretta girevole. Speranza si scostò dal ciglio del marciapiede prendendolo sottobraccio: "Lo credo anch'io, ma non potrebbe essere una liberazione? Andare in chat come farsi un Valium? Navigare controcorrente alla mediocrità della vita e staccare la spina per un po'. Che male c'è?"

"Pensi che ritrovarsi un 'Io' diviso come Gerusalemme migliorerà il genere umano?" Le fece strada in un ristorantino armeno. Sedettero a un tavolo d'angolo. "Ora che posso essere un torero di Siviglia t'inviterò a un brunch di picadores a Zamora, poi firmerò una cambiale on line *Gianni Agnelli*, e dopo cena mi copierò dal Web l'ultimo romanzo di un esordiente cinese. Lo cliccherò alla Rizzoli con allegata la mia autobiografia: Ester Mc Loude, scrittrice scozzese di romanzi gialli con ambientazione orientale. Andrò a dormire sognando che mi paghino. Naturalmente, dopo aver picchiato i miei bambini perché strillavano mentre io ero concentrato su Yahoo!"

Bevvero vino delle Alture del Golan gustando kebab dall'aroma d'arancio e d'incenso. Lei gli raccontò di Sheik e del padre di Normanni, che pretendendo il suo allontanamento dalla classe, aveva suggerito alla preside di farlo iscrivere "a una di quelle scuolette per bambini disturbati".

Al ricordo, Speranza arrossì di rabbia. "Questa razza rampante di 'gente per bene', figlia di una carta di credito e di un assegno postdatato, intollerante, superficiale, gretta, detiene il potere reale, quello vero, che si esercita nelle riunioni scolastiche, in quelle di condominio, alle cene del Rotary, nelle assemblee delle associazioni di categoria. Il potere che si esterna in ufficio, a casa, in famiglia, e che ha insegnato ai suoi figli e dipendenti una cosa sopra tutte: *Fregali tu per primo*."

Il reporter fece per riprendere la parola, ma ormai Speranza Adamoli chi la fermava più:

"E questi nuovi padroni sventurati gridano nei telefonini sui treni, gli trilla tutto per mancanza d'anima, hanno invaso il Paese, si comprano lauree, paninoteche e villette a schiera, corrompendosi l'un l'altro, 'perché cosa vuoi, cambiare il mondo?' Ma è mai possibile? Sì, lo è. L'Italia di oggi è questa, e tu, per orientarti, devi andare per sottrazione: 'sei quello che non è il loro mondo', un oggetto sbagliato, fuori posto, fuori dalla Storia. Che senso ha indignarsi? La democrazia è solida, conferma a Capodanno il Presidente. Questi nuovi comportamenti di massa sembrerebbero insignificanti. Eppure, se la sommi, tutta questa insignificanza un significato ce l'ha, e non è casuale: ha preparato l'invasione dei Rifatti."

"Chi sarebbero i Rifatti?" chiese Paolo per provocarla, pigiò il tabacco nel fornello della pipa, sorridendo.

"Quelli che si sono rifatti tutto e continuano a rifarsi, dalla macchina, al telefonino, alla tessera di partito. I nuovi barbari. Per intenderci, quelli delle scuolette per bambini disturbati e del *Fregali tu per primo*." Era inebriata di spiegarsi con qualcuno che la capisse. "Faccio un esempio. Se sono stata educata alla scaltrezza, mi guarderò bene dal confidare alla mia amica che ho conosciuto l'uomo più adorabile del mondo.

Perché suppongo che poi lei m'invidierà. Mi conviene? No. Per cui taccio e svio il discorso. Così facendo, depisto anche me stessa, perché desideravo gridare a reti unificate il mio amore per te. Se lo facessi sarei un'ingenua." Colse un grappolo d'uva dal vassoio di terracotta. "Ma nel non voler essere ingenua ho commesso l'ingenuità maggiore." Inghiottì un chicco d'uva. "Perché, così, la mia vita non ha più senso."

Il Principe staccò gli occhi dallo schermo e li alzò al cielo. Non aveva neanche capito di cosa stavano parlando.

Lesbia fissava il monitor incantata. Era come spiare dal vivo due trisnonni a cena. Il traduttore simultaneo sottotitolava automaticamente le immagini, parola per parola. Lei si limitava a guardare i gesti dei due amanti. Si volgeva a Speranza inerte sul divano giallo, e le rifaceva il verso, posandosi la guancia sul pugno, per esempio, come l'aveva appena vista fare sullo schermo. Da quella cena al ristorante armeno di Gerusalemme erano trascorsi appena diciassette anni. Facevano l'impressione di un secolo.

La costumista indicò la cifra lampeggiante sul terminale di servizio. Trentanove milioni di spettatori stavano seguendo la puntata di *Cookies*, e la freccia della rilevazione in diretta puntava verso l'alto. Il Principe cliccò, apparve il mappamondo dell'audience.

L'Italia, naturalmente, era quasi tutta nera. In rete. Bianche solo la Lucania, le zone centrali della Sardegna, la Sicilia meridionale. Nera la Grecia. Nere le maggiori città dell'Europa Occidentale, parte degli Stati Uniti, il Sud America. Alexandros notò che si erano collegati perfino dal Madagascar; qualche zona nera s'intravedeva in Cina, mentre in India, particolarmente in Bangladesh, a causa delle vicende di Sheik, il nero dell'audience avanzava nonostante le miserevoli condizioni economiche. Australia, Canada e Sud-Est Asiatico i meno interessati.

La mente della protagonista proiettò sulla Grande Rete la facciata notturna del Mount Zion, gli sguardi complici scambiati con Paolo in ascensore, il terrazzo dell'albergo, affacciato sulle vecchie mura di Gerusalemme, dove il giornalista incominciò, adagio, a spogliarla. Lesbia sospirò. Quella coppia rappresentava l'equivalente di Clark Gable e Vivian Leigh per una diciannovenne di settant'anni prima.

Il Principe, furente. Fece un cenno alla costumista che si avvicinò. "Vestila come ti ho spiegato." Lei tentennò. Il presentatore contemplò sullo schermo il corpo seminudo di Speranza. "Tutti vogliamo vedere com'è oggi. Sbrigati", le ordinò senza voltarsi. La costumista sparì.

Il Principe si accovacciò sotto al divano, iniettò qualche goccia di acido nel sigaro. Non digeriva quel successo enorme. L'italiana gli stava rubando il pubblico. Nei suoi confronti nutriva un aspro disinteresse, quasi un fastidio fisico, di pelle. Ma ritornò a fissarla come un ago calamitato.

Speranza si lasciò attraversare da Paolo, nuda sopra di lui, sul letto. Gettò la testa all'indietro, sciogliendosi i capelli, mentre Paolo le carezzava il seno. Avevano avuto entrambi una vita dura. Per questo potevano amarsi dolcemente.

Il Principe si sentì inghiottire dallo schermo, un buco nero. A *Cookies*, di regola, più l'audience era imponente più i verdetti del pubblico tendevano all'assoluzione. Alexandros l'avrebbe strangolata volentieri con le proprie mani, subito. Non capiva nemmeno lui perché, e aspirò con rabbia, incapace di distogliere lo sguardo dalla scena. Sfilò dal mantello la siringa della salvezza e la conficcò nel Meccanismo d'Antikythera, il calendario dell'Universo, il computer degli antichi greci, la bussola della Storia. Il divo greco non era mai entrato al Museo Nazionale di Atene. Non poteva saperlo.

Sullo schermo, i sospiri di Speranza accelerarono. I loro fianchi divennero frenetici. Ricadde su Paolo, poggiandosi sulle sue spalle. Carezzò inavvertitamente la fasciatura che gli avvolgeva l'avambraccio.

Un flash s'irradiò sulla Grande Rete.

Speranza rivide la terribile scena di Netzarim, la stradina polverosa trasformata in un campo di battaglia. Il padre, accovacciato dietro al muretto, che cercava di farsi scudo, mentre il braccio magro ricacciava dietro la schiena il corpo del figlio che gridava, gridava.

Nel ricordo, il piccolo Rami era diventato Sheik.

Paolo inarcò le reni nell'ultima spinta.

Speranza si tolse da lui scivolandogli a fianco, in un pianto infinito. "Non voglio", sussurrò disperata, "non voglio far nascere mio figlio in questo mondo orribile."

Pubblicità.

IX

Eliporto di Kythera
Domenica 17 Dicembre 2017, Notte
– 31:15:66 al verdetto finale

"Mr. Rishi, non insista. La Compagnia è stata costretta ad annullare il volo. Le condizioni su Antikythera sono proibitive. Può chiedere conferma al comandante. Eccolo, sta arrivando."

L'hostess in tailleur azzurro si concentrò sul monitor del terminale, sollecitata da una gomitata della collega. Si sorrisero di complicità. Il giovane Principe era tornato in onda dopo il break pubblicitario. Attaccò una delle sue filastrocche.

Dentro il gabbiotto a vetri dell'*Aristotelous Aircraft*, Sheik vide il cappottino di Speranza gonfiarsi come una mongolfiera sulla piazzola dell'eliporto. La bambina si lasciò trascinare dal vento nella zona buia, con buste di plastica e fogli di giornale.

Il pilota sbucò da dietro l'elicottero, un bianco e vetusto S-92 Sikorsky, con la doppia A azzurra marchiata sulla coda d'impennaggio. Sheik gli andò incontro ficcandosi una mano nella tasca destra della giacca.

Intorno alla piattaforma di decollo, le luci d'ingombro erano rosse e la manica a vento ancora lampeggiante. Non era digiuno di thriller americani, per questo lo scrittore si sentì ridicolo e la sua stessa determinazione lo spaventò.

"Devo arrivare ad Antikythera entro un quarto d'ora", premette il revolver contro la fodera della tasca. "Assolutamente." Scrutò la firma rossa ricamata sulla tuta azzurra: *Konstantinos Karamanlis*. "Comandante Karamanlis", soggiunse. "La prego. Questione di vita o di morte."

Il pilota lo squadrò come un ufo, incrociò oltre le spalle di Sheik lo sguardo della hostess nell'ufficio illuminato, a una decina di metri, che gli indirizzò un cenno risoluto di diniego.

Sheik notò che il berretto con visiera del comandante occultava una calvizie contrastata dalle folte basette sale e pepe. Quella di destra lambiva un'escrescenza bruna, poco più rilevante di un neo. Qualora si fosse reso necessario gli avrebbe puntato la canna della pistola proprio lì.

Karamanlis gli indicò Speranza: volava sospinta da una gigantesca mano invisibile. La piccola frenò e corse all'indietro: i capelli si schiacciarono sulla nuca come una borraccia di vetro soffiata dal vento.

"Con questo tempo sarebbe un suicidio. No."

"Tanto vale che ti suicidi in volo." Sheik trasalì: l'aveva fatto. Osservò sbalordito il mirino premuto sull'escrescenza: ora era rossa e rigonfia.

"Partiamo papà?"

Il bengalese afferrò il comandante greco per la tuta, lo sospinse dietro il portello d'accesso piloti dell'elicottero, per non farsi scorgere dalla bambina e dalle hostess.

"Lei sta commettendo un reato di sequestro di persona. Lo sa?"

"Lo so." Sheik s'infilò per primo nella cabina di pilotaggio, scivolò sul sedile di fianco, gli puntò la pistola contro una gamba. "Faccia salire mia figlia e muoviamoci."

Karamanlis attivò il comando automatico del portello passeggeri. Speranza si arrampicò a bordo: "Tutto quanto per me?" Saltellò fra le diciannove poltrone vuote, indecisa su quale scegliere. Il padre la fece sistemare nel sedile posteriore al suo. Con la sinistra le inserì la cintura nella fessura di bloccaggio.

"Papà?" La bandella gli tagliava un occhio di sbieco, da pirata. Sheik l'adattò alla sua altezza, tremando, ma sempre tenendo conficcata la pistola nel fianco del pilota.

Karamanlis accese il gruppo propulsore. "Si calmi", disse.

Il turbine sollevato dalla pala principale fece precipitare le hostess fuori dagli uffici dell'*Aristotelous Aircraft*.

Sheik guardò i due tailleur azzurri rovesciarsi all'insù come ali inamidate di monache. Le loro cosce statuarie arrossirono ai fari di decollo, sbigottite, mentre il vecchio Sikorsky S-92 guadagnò il cielo.

Sul Golfo di Salonicco, l'elicottero incassò il primo colpo basso del maestrale, e la bambina lanciò un urlo. Per distrarla, Karamanlis accese la Grande Rete. Nel quadro comandi e dietro le poltrone dei piloti, gli schermi s'illuminarono su *Cookies*.

Il Principe stava annunciando una grande sorpresa.

"Sembra ieri", premise, "che la nostra esimia maestra faceva la rivoluzionaria in abito da sera davanti ai cardinali ed ai santi. Sembra ieri", masticò rumorosamente, "che l'illustre insegnante spiegava ai suoi asinelli la maniera corretta di sputare un hamburger" – finse di vomitarsi addosso –. *Risate.* "E sembra proprio ieri", il presentatore accennò a sbottonarsi, dondolando, "che l'insigne docente esibiva il grazioso ombelico al suo mulo italiano, insegnando la danza del ventre agli arabi…

… Oggi? Potrebbe ancora permetterselo?"
Il presentatore pattinò sul marmo fino al divano, scivolò in ginocchio sul pavimento, spalancò le braccia:

"Mydame y messiux, chicas y caballeros, rotti qui, rotte lì, rotte qui e lì. Io vi presento…" Roteò le pupille in un verso e la lingua nell'altro: "… Speranza Adamoli. Vent'anni dopo."

L'avevano conciata con un costume succinto da soubrette. Reggiseno e guêpière rossi. Il corpo, irrigidito dal veleno, aveva perso luminosità, ma era sodo, modellato e attraente, quasi come allora.
Alexandros le pizzicò una gamba con le unghie:
"Dlin!"
Nessuna reazione.
Una telecamera inquadrò la guardia di Potamos.
Abbassò gli occhi, vinto.
Il Principe infilò l'indice viola sotto la gamba de-

stra di Speranza, la sollevò da burattinaio, e il ginocchio si ripiegò. Sospinse la gamba sulla sinistra, per evidenziare la lunga coscia nuda che carezzò con le unghie a rovescio, dando un sorriso lascivo alla telecamera uno.

Schioccò il pollice e l'indice.

La mano di Lesbia entrò in campo porgendogli una finta penna stilografica, caricatura di quella d'Emanuele.

Il Principe scrisse con la vernice nera sul grembo dell'italiana: *Putrid*. Marchiò la pelle bianca con la data: *17 12 2017*.

Completata l'opera, restituì senza voltarsi la penna alla mano, che gli pose tra le unghie un piccolo specchio. Lo showman mostrò la scritta alla vittima, da parrucchiere.

Speranza neppure la guardò. La morte viola risaliva dai piedi gelati falciando le impetuose visioni finali che ancora sgorgavano a fiotti, uniche parti animate di lei.

Gli spettatori la videro cantare con i suoi ragazzi nel pullman della "Ippolito Nievo". Era l'Inno di Mameli. Il Principe non lo mandò in onda. L'audio irradiato nei milioni d'altoparlanti accesi da New York a Dacca, diffuse i cori dell'antico teatro greco missati con gli incalzanti bassi elettrici de *Le foglie cadono*, la canzone di *Cookies*.

Il presentatore roteò in su e in giù il bastone armato, al ritmo delle "foglie".

Alla sua destra comparve Lesbia con un cilindro, un costume succinto, scarpe a punta con i tacchi, il tutto viola.

Altri quattro ballerini con passi cadenzati si disposero nel salotto, simmetrici. Indossavano le tute bianche di *Cookies*. I volti mascherati da biscotti con occhi e labbra viola. Il primo impugnava delle cesoie, il secondo una sega elettrica, il terzo un martello, l'ultimo una falce.

Il Principe trafisse Garibaldi a cavallo. Squarciò la tela che ricadde penzoloni. "Le foglie cadono." Spazzò dal trumeau tutta l'argenteria. "Le foglie cadono." Con l'unghia ricurva fece cenno alle telecamere di seguirlo. Sparì in corridoio.

Il primo ballerino si sventolò con una cornice. Era un ritratto sorridente di Paolo Aspes con la pipa. Lo trinciò in due con una cesoiata. "Le foglie cadono."

Il secondo accese la sega elettrica e decapitò le spalliere delle sedie intorno al tavolo, in sequenza.

Il terzo distrusse con una martellata il Meccanismo di Antikythera.

L'ultimo falciò dalle pareti le locandine cinematografiche del Novecento.

"Le foglie cadono."

Andreas, con un violento strattone, tentò di liberarsi.

Un tacco a spillo di Lesbia gli trafisse i testicoli. La sedia si ribaltò e la guardia ricadde all'indietro battendo la testa sul marmo. Un'aureola rossa gli incorniciò i riccioli bianchi.

I quattro ballerini seguirono il Principe in corridoio marciando in fila indiana come i nani di Biancaneve.

Alexandros li attendeva al varco battendo il ritmo con gli stivali e sull'orologio con l'unghia viola. Si finse contrariato per il ritardo, ma si capiva che quella era la parte del programma che lo gasava di più.

Nella camera da letto infilzò una stampa della *Venere con cassetti* di Salvador Dalí.

Alzò gli occhi al soffitto: una cascata di neve. Afferrò al volo una piuma e la leccò. Un biscotto ballerino, dopo aver acceso il ventilatore, stava squartando il materasso con la sega elettrica. "Le foglie cadono."

Il biscotto con le cesoie spaccò a metà un piatto ornamentale appeso al muro.

Il Principe scosse la testa: "Non si fa", sembrò ammonirlo. Ricongiunse i due lembi di porcellana. La musica cessò.

Nel silenzio, lesse i versi della poesia incisa sul piatto: *Kythera*, di Paul Verlaine.

> *Un pavillon à claires-voies*
> *Abrite doucement nos joies...*

Si gettò dietro la schiena i due spicchi di porcellana che infransero il vetro della finestra.

"Le foglie cadono", disse.

La musica ripartì dallo stesso punto.

Tornarono indietro. Il biscotto con la falce fece strada estirpando le pile di libri al suo passaggio.

Gli altri perfezionarono lo scempio.

Al centro del salotto, il Principe roteò in su e in giù il bastone, Lesbia oscillò da pendola alle sue spalle, e la pattuglia di biscotti ballerini tenne il ritmo suonando gli arnesi, in assolo e in coro.

Una cesoiata. "Le foglie cadono."

E il lampadario centrale crollò.

"Ho freddo", si lamentò una voce.

Il presentatore avanzò circospetto verso il divano, facendo un cenno di silenzio al pubblico, unghia al naso.

"Che cos'hai detto?"

"Ho tanto freddo", sussurrò Speranza.

Sulla pelle nuda si erano formate chiazze violacee.

"Mia esimia, non siamo teleassassini. La tua vita era già caduta come una foglia d'autunno. Non facciamo altro che spazzarla via. Da qualche parte ho letto che il grande strizzacervelli Freud distrusse i suoi diari a ventinove anni. Tu ne hai già quarantatré. E si vede."

Applausi e risate.

Il Principe pietoso la ricoprì con il suo mantello. L'accese.

Accecata dalle cinquanta occhiaie sfavillanti della Grande Rete, Speranza sentì la vita spegnersi nei circuiti divelti del pensiero, nelle emozioni perdute, nei ricordi sbavati, nelle parole sfinite, ma volle comunque riviverla fino all'ultimo flashback.

X

Parco della Vittoria
Monte Mario (Roma)
Giovedì 21 Dicembre 2000
– *25:59:80 al verdetto finale*

Il pullman della "Ippolito Nievo" affrontò l'ultimo tornante di Monte Mario. "Oggi stiamo andando a liberare cinquecentosettanta fratellini rinchiusi in una gabbia elettrica", spiegò Speranza al termine dell'Inno di Mameli cantato a squarciagola.

"Li hanno messi allo zoo? Come le foche?" Oriani imitò il suo animale preferito.

"No, alla 'Leopardi'. Non i cugini dei leoni: il poeta", precisò sul ruggito di Normanni. "La scuola 'Leopardi' si trova nel Parco della Vittoria. Battistelli e Levrieri, è pronto il cartello?"

I due innalzarono un'asta con la targa di compensato: *Parco della Sconfitta*.

"Chi sa dirmi perché la 'Leopardi' si trova nel Parco della Sconfitta?"

"Perché hanno piantato, al posto degli alberi, cinquanta cosi delle televisioni", rispose Sheik.

"Hanno piantato otto tralicci con cinquanta ripetitori radio e TV. Lo sapete che le mamme stanno facendo lo sciopero della fame? Chi sa che cos'è uno sciopero della fame. Normanni?"

"Che uno si mangerebbe pure le antenne."

Speranza e l'autista risero con la 2ªB. Il pullman si nascose dietro una matassa di rovi, a una cinquantina di metri dall'edificio scolastico.

La professoressa indicò gli otto tralicci:

"Eccoli, con le guardie e i mitra sarebbero identici alle torrette dei lager e a quelle delle carceri di sicurezza."

I ragazzi ai finestrini sgranarono gli occhi.

"Ma è proprio la sicurezza a non essere rispettata. Per farvi vedere meglio *Ciao Darwin* o *Quiz Show*, queste torrette sparano sui vostri fratellini della 'Leopardi' quattordici volt. Se fossimo in un western, che cosa avremmo trovato al posto dei 'volt'? Le colt. La legge italiana consente di sparare a un essere umano con un massimo di sei 'colt'. Nel Parco della Sconfitta sparano con il doppio, e sui bambini."

"Che cos'è un volt?" domandò Linda, la ragazzina di Pieve di Cadore.

"Elettricità", semplificò. "Quando la tensione elettrica supera i livelli di guardia può provocare brutte malattie."

"Moriremo tutti!" Burlando e Normanni picchiarono sui finestrini. "Fateci uscire!"

Speranza spiegò che sotto le quattr'ore di permanenza non si correva pericolo. "Mentre i bambini della 'Leopardi'", soggiunse, "nessuno li salva, per salvare gli interessi della Telecom, della Rai, di Mediaset e perfino di Radio Maria, la massima responsabile dell'inquinamento."

"Radio Maria Battistelli?" scherzò Oriani. Battistelli gli sferrò un calcio negli stinchi.

"Maria, sorellina di Battistelli, non ha colpa. Parlo della radio che si ascolta anche dove la Rai è un belato di pecora. La radio che ha depositato il nome della Madonna come marchio personale in centotrenta nazioni. Ma non era Maria McDonald's, era la madre di Gesù."

"Quella radio dove recitano le preghiere? Io l'ho sentita in macchina."

"Anch'io! Però mio padre ha cambiato canale."

"Il mio avrebbe cambiato pure macchina", fece Levrieri.

"Mia nonna ce l'ha accesa vicino al letto", disse Giada.

"L'ascoltano venti milioni di persone al mondo", puntualizzò la Adamoli. "Noi ne siamo felici. Avete mai sentito una preghiera che fa diventare i bambini infelici? Non è giusto. Oppure sì?"

"No!" tuonò il coro.

"Classe 2ªB! Pronti all'attacco?"

"Pronti!"

"Scaricatori! Presenti?"

"Presenti!"

"Scalatori?"

"Presenti!"

"Addobbatori?"

"Presenti!"

"Manifestanti?"

Un urlo.

Un'ora dopo, tenendosi in cerchio per mano con i bambini della scuola materna, ammiravano il loro traliccio, stremati e trionfanti.

L'avevano trasformato in un albero di Natale.

Dai rami pendevano decine di palle di plastica rosse con la scritta No.

Il coro di piccoli manifestanti scandì:

> *Le-antenne-fanno-male*
> *Toglietele-per-Natale!*
> *Ti prego-Madonna-mia*
> *Pussa via-Radio-Maria!*

Il giorno seguente, venerdì 22 Dicembre, era stata convocata d'urgenza un'assemblea di classe con i genitori.

Speranza si attardò a correggere i temi. Quando il bidello l'avvertì che erano arrivati tutti, scese in palestra.

Sulle prime non comprese che cosa stesse realmente accadendo. Quella trentina di madri e padri gironzolavano solitari nella palestra seguendo piste invisibili, di colpo giravano su loro stessi e partivano per altre traiettorie, si bloccavano rivolti ai canestri grattandosi la testa o dondolandosi su una gamba sola, mormoravano frasi imperscrutabili, oppure, occhi al cielo, tiravano giù i santi. Tutti parlavano e gesticolavano a se stessi.

Speranza in un girone dantesco.

La madre di Normanni, in pantaloni di stoffa pitonata, le andò incontro: "Carissima, tesoro, non sai da quanto ti cerco!…"

Speranza le porse la mano, sorpresa.
Rimase a mezz'aria.
La signora Normanni l'oltrepassò con sguardo spiritato, parlando al muro. I pantaloni pitonati tornarono indietro, ignorandola, ma fra le squame bianche del viso ebbro di lampade, Speranza scoprì l'arcano. Era nascosto nelle orecchie.
Stavano tutti chiacchierando ai cellulari con l'auricolare.
Le madri in abiti da sirena, jeans con paillettes e squarci volutamente involontari, che inducevano a sospettare stupri immaginari più che improbabili precipitazioni di povertà. I padri in uniforme, doppiopetto grigio o rigato, cravatte senza fantasia. Parecchi gli occhiali neri. Un paio di giubbotti di cuoio con mezzelune cromate. Un extracomunitario vestito normale.
Ultima, a sorpresa, entrò la preside. Alla sua pietra verde si erano aggiunti due orecchini in tinta.
Speranza si preparò ad affrontare una riunione difficile.
"Mettiamo subito le carte in tavola", esordì la preside seduta al suo fianco, di faccia all'assemblea. "Questo non è un processo a una delle professoresse più civili, preparate, e dinamiche della 'Ippolito Nievo'. Adamoli è giovane e appassionata. Ecco", la sbirciò con un sorriso incompiuto. "Molto giovane e troppo appassionata?" Si rivolse alla platea, accavallò le gambe. "Credo di aver sintetizzato le perplessità manifestate da molti di voi." Si esaminò la mano dalla pietra verde, consapevole che lo striminzito interrogativo non avrebbe soddisfatto nessuno.

"Guardi che è dall'anno scorso che ve lo stiamo dicendo!" attaccò Burlando, degli Elettrodomestici omonimi. "Appassionata? La dica tutta: Pasionaria. Ci scatena la guerra civile in famiglia. Quale professoressa. Pasionaria!"

"Non esageri, sia buono", la preside tentò di raffreddare il brontolio montante dall'uditorio.

"Mio figlio, undici anni", scattò la madre di Oriani lampeggiando con dieci dita aperte, più un pollice, "s'impunta come un mulo alle porte del supermercato. Secondo lui, dovrei fare la spesa ai negozietti. Perché la professoressa Adamoli... Lei ride? Ride pure, questa", s'interruppe.

"Stavo solo sorridendo", si spiegò Speranza. "Continui."

"Macché continua e continui. Ieri, Bartolomeo non voleva scendere dalla macchina. 'Mamma, la professoressa Adamoli ha detto che le multinazionali dei supermercati...' Multinazionali che? Col filtro? 'Senti, ninni', gli ho fatto, 'dille, alla signora maestra tua, che io non fumo.' Non fumo! Va bene? Va bene?! Ed esigo che gli altri non fumino in casa mia. Va bene? È chiaro?" Si risedette paonazza sbattendosi la borsetta sulle cosce, a timbrare l'intervento.

"Adamoli?" l'invitò la preside.

Speranza scosse la testa. L'ostilità era più variegata e profonda dell'accusa. L'unica replica sarebbe stata rifarle il verso della foca in cui era specialista il figlio. Non le parve opportuno. Capì d'avere paura. La stessa provata da bambina quando, nel dicembre 1984, al Caffè Greco, le era caduto lo sguardo sulle lamiere contorte del Rapido 904, sul giornale del nonno. Una paura inspiegabile, oggi probabilmente immotivata, identica.

"Be', visto che lei non parla, parlo io", si alzò il padre di Giada, il penalista Scalìa, sventolando un libro di testo. "La Regione Lazio mi sembra si sia espressa chiaramente su certi libri che infestano le scuole", sventolò il capo d'accusa sulla distesa di teste. "Un libro scelto e approvato da lei, professoressa Adamoli, in cui si afferma – cito testualmente – *l'intervento del partito comunista sovietico fu determinante per la sconfitta di Hitler e del nazifascismo*. Ma non vi bastano i milioni di morti ammazzati dai comunisti, le purghe, i gulag, le foibe? È intollerabile che ai nostri figli contrabbandiate ancora certe porcherie!" Sedette, incrociò le braccia, guardò offeso i terrazzi degli attici.

"Non c'è scritto che il comunismo sia stato un toccasana per l'umanità", lo riprese la Adamoli. Il padre di Giada non si volse. "La verità storica è che se non fossero intervenuti anche i russi, oltre agli angloamericani, non avremmo avuto l'Europa unita. Avremmo l'Europa unita a Hitler. Preferirebbe?"

"Hitler è morto, kaputt", rispose l'avvocato agli attici.

"Anche il comunismo è morto", rispose Speranza a lui.

"Oh! Considerato che sono tutti belli che morti, parliamo invece dei nostri figli che sono ancora vivi", si accavallò Levrieri, ceramiche da bagno. "Vivi per miracolo. Il mio Adelmo", precisò agli altri genitori e – con uno sguardo insistito – alla preside, "era uno di quegli 'scalatori' che la signora ha mandato allo sbaraglio sui tralicci di Monte Mario, ieri sera, esponendolo a un doppio rischio: rompersi l'osso del collo e contrarre un tumore per le radiazioni."

"Scusi, lei e Adelmo non eravate iscritti al Club Alpino?"

"Sì. No. La montagna è una cosa, altra cosa la città."

Speranza li osservò come faceva con i loro figli: uno per uno. "Quando sono scesa in palestra, voialtri stavate parlando al telefonino con l'auricolare. Per difendervi dalle radiazioni o sbaglio?"

"Ma la pianti. Non ci sono tralicci ai Parioli", sbottò il padre di Giada.

"Ai Parioli no, alla 'Leopardi' sì."

"E infatti noi li mandiamo alla 'Ippolito Nievo', guarda un po'!" esclamò la Normanni tirandole un 'ma vattene' con la destra.

"Cercavo d'insegnargli la solidarietà."

"Uuu, con 'sta solidarietà", protestò il bidello che assisteva all'assemblea, schiena alla parete.

Un istrice fece una capriola sul cuore di Speranza.

Il padre di Battistelli, dentista, alzò la mano come i bambini quando hanno urgenza del bagno. Lei notò che aveva davvero i baffi bianchi delle triglie.

Il dentista raccontò che il figlio era cambiato, in meglio. Il mese scorso gli aveva raccontato che "le parole sono esseri viventi" e lui si era commosso. "Ieri sorrideva leggendo il vocabolario come se guardasse i cartoni giapponesi alla televisione. Si era tutto infervorato sulle parole buffe, zucca barucca, zuzzurellone. Penso che la Adamoli stia facendo un ottimo lavoro", concluse.

"Come, educandoli a diventare terroristi?"

"Vogliamo tornare a parlare di Monte Mario o no? Preside? Preside!"

La preside e la pietra verde: un unico anello.

"Professoressa", mormorò, "perché?"

"Perché cosa?"

"Questa guerriglia urbana alle antenne. La mia scuola che c'entra?" Si curvò su se stessa, riuscì ugualmente a sollevare lo sguardo sulla platea. Lo ritirò fulminea. Una madre a fondo sala era scoppiata in una risatina isterica. "Già, e lo 'sciopero dei nanetti'? Che ve ne pare del Primo Maggio alla Mao Tse-tung?"

La madre vicina colse i BigMac al volo: "La Beatrice non mi mangia nemmeno il girello di chianina. L'altro giorno, attraversando la strada, mi fa: 'Mamma, ce l'hai presente lo sguardo di un bue sulla linea della mattanza?' E io: 'Vedi di camminare sulle strisce o la fine dell'hamburger la fai tu, altro che il bue. E finisci sulla linea dell'ambulanza!'"

Speranza sorrise.

Allora si alzò Normanni padre, gioielliere di Via Condotti, e tutti fissarono la sua bocca piena di soldi.

"Io sono stufo di questa sceneggiata. Siamo adulti e abbiamo affari più urgenti. Primo: noi li abbiamo iscritti a una scuola pubblica, ma vi deleghiamo d'insegnare ai nostri figli le identiche cose che gli avremmo insegnato noialtri se avessimo avuto tempo. Secondo: non siamo razzisti, ma nemmeno del Bangladesh, siamo romani. Terzo: o lei cambia metodi, o se ne va, o è la preside a cacciarla via, o ce ne andremo via noi."

L'applauso entusiasta di Roma del 2000 fu surclassato dall'applauso della Grande Rete del 2017.

Speranza non sorrideva più. "Vorrei parlare."

"Un'altra cosa", precisò Via Condotti. "I nostri figli non sono i soldatini della sua guerra personale. Mi riferisco a quanto accennava prima l'avvocato Scalìa. Molti storici moderni hanno dimostrato che i lager erano un'illusione ottica, un'esagerazione della propaganda partigiana. Si calmi. Quello che sta per contraddirmi l'ho dovuto imparare anch'io, ora ne ho abbastanza. Non voglio che mio figlio debba sorbettarsi la solita minestrina. Lei ha figli?"

Speranza fece cenno di no.

"Si vede. Quel suo nonno, dico quello del trenino con la zingara, lo lasci inventare ai Michele Santoro. Sono pessime favole, dia retta. Nessun treno di deportati diretto ai campi di concentramento austriaci è mai partito nel '42 dalla stazione di Firenze."

"Cambierebbe qualcosa se fosse partito nel '41 dalla stazione di Napoli?" Speranza attraversò il corridoio tra le sedie di fòrmica verdina. "Per sei ore al giorno affidate i figli a una tata a colori che credete neutrale. Giusto, signor Levrieri, 'siamo adulti'. Voi avete affari più urgenti, io no. Io ho i vostri figli. I veri bambini siete voi. Quella tata a colori, quella maestra satellitare, globale, divina, non è neutrale, non è affatto una bambina, sa esattamente dove vuole arrivare, e ci porta dritto dritto i vostri figli con un treno più rapido di quello dei deportati di una volta. Anche i vostri zingarelli chiedono acqua. Ma la chiamano 'Pokémon'. Vi affrettate a fargliela bere. Io no. Mi sforzo di diventare un punto di riferimento un po' meno mediocre di quello dei capotreni della TV e delle loro tristi stazioni. Dove scaricano i vagoni del nulla nelle vostre case. Da cui ripartono, dopo aver fatto rifornimento d'anime. No, non è diabolica la TV, ci mancherebbe. Diabolico è chi li lascia da soli con lei o senza. Le vostre generazioni sono state le ultime a disporre di grandi maestri, le ultime che hanno ammirato le cattedrali del pensiero: da Croce a Sartre, da Wittgenstein a Camus, da Don Milani a Jung. Ma chi hanno, questi ragazzi, per salire? Per spaziare? Per lanciare il cuore oltre il muro? Per confluire nella Storia? A proposito di quest'ultima, dottor Normanni, senza la memoria del passato, senza la più lucida, onesta e spietata memoria del passato, s'inquina il futuro, si stravolge il presente, e si devia il destino del Paese. Grazie a tutti. I vostri figli sono meravigliosi. Prenderò le mie decisioni." Accennò un lieve inchino, e uscì.

Più tardi incrociò la preside al cancello.

"Si è difesa bene", le disse, "ma in questa scuola c'è tanta tensione. Troppa."

Salendo in macchina, un padre che non aveva parlato mai, né prima né oggi né di sua figlia né d'altro, le agguantò il polso:

"Complimenti. Fantastica."

"Grazie, ne avevo bisogno", sedette al volante.

"A cena che fai?... Sola, vero?"

Gli sbatté la portiera in faccia e partì in quarta.

Nello specchietto retrovisore gli lesse le labbra.

Le dicevano stronza.

XI

Canale di Kythera
Venerdì 1° Febbraio 2001
– *22:45:03 al verdetto finale*

Quando la prua del battello s'impennava sulle onde, il piccolo Sheik si arrampicava veloce a quattro zampe sul ponte di comando. La carena scricchiolante ripiombava fra gli spruzzi, e il ragazzino di Dacca rotolava sull'onda di ritorno.

All'orizzonte si stagliarono le scogliere di Antikythera. Sheik le guardò come avesse visto l'America.

La giacchetta a vento rossa abbracciò l'aria. Lui inspirò le folate salmastre, reclinò la testa sulla spalla destra e baciò il vento. Si voltò a controllare se la mossa era quella giusta. Non precisamente. Sheik reclinò il capo sulla spalla sinistra, cinse il vento con il braccio destro, sporse in fuori le labbra a occhi chiusi. Baciò il tutto e il nulla, felice come i grandi.

Paolo si staccò dalla bocca di Speranza, che seguì il suo sguardo, dritto a prua.

"Il vecchio faro di Potamos", annunziò.

Lei si sporse cercando la casa segreta. Intravide un punto d'azzurro sotto il campanile del faro in disuso.

Paolo le baciò gli spruzzi salati sul viso gelido.
Il battello ricadde sull'acqua.
Sheik rotolò ai loro piedi.

Domenica 3 Febbraio 2001, all'alba del terzo e ultimo giorno di vacanze ad Antikythera, Speranza si svegliò per un "Evvai!" squillante di Sheik, accompagnato da tre martellate.

La federa del cuscino di Paolo era tesa, le lenzuola stirate. Indossò la sua infinita vestaglia. Adorava la mistura di Dunhill, aroma di giornale, essenza di muschio e acqua di mandorle, l'etereo, inconfondibile profumo maschile che le avrebbe segnalato la sua presenza nella folla. Dall'atrio spiò nel salotto "i miei uomini di famiglia", come già li definiva con il tipico scatto d'orgoglio delle persone sole, nelle parentesi in cui danno scacco matto alle loro inseparabili solitudini.

Contemplavano curvi come Re Magi la creazione partorita nella notte. Il reporter, con un lungo chiodo stretto tra i denti, completò con l'ultima pennellata d'argento il Meccanismo di Antikythera.

Sheik sbadigliò beato. Da mesi il padre era ricoverato al Policlinico per una pleurite ingovernabile. Speranza l'aveva accolto in Via degli Appennini, nella sua antica cameretta al secondo piano, da dove poteva guardare la palma nel cuore.

"Che diavolerie avete combinato tutta la notte?"

Sheik le ordinò di chiudere gli occhi. Volle condurla per mano al misterioso congegno dell'antica Grecia che troneggiava dietro il divano giallo. Paolo armeggiò al display incastonato nel legno di noce. Quando le impartirono l'ordine di guardare, Speranza si meravigliò per la bellezza della creazione artigianale.

Ammirò l'intrigo di ruote bianche e d'oro costellate di simboli celesti, sormontati da un calendario a tacche incastonato nel legno. Sul quadrante del sole e della luna erano raffigurate le dodici costellazioni dei segni zodiacali. Al centro della ruota d'oro, due lancette. La lunga, sottostante, indicava la posizione del sole. La corta, superiore, puntava alla luna.

Alla base, una manovella d'argento.

"Girala ed entra nel nostro tempo", l'invitò il compagno. Speranza percepì un presagio che le serpeggiò sulla schiena con un brivido di malinconia felice. Sheik non stava nella pelle. Lei osservò Paolo un'ultima volta, come i fotografi prima d'immortalare il senso di una vita.

Diede un giro di manovella.

Le ruote si mossero all'unisono, sul display apparve il 3 Febbraio, la prima freccia accusò la tacca corrispondente, il sole entrò in Acquario e il piccolo disco bianco della luna l'adombrò per un quarto.

Speranza batté le mani: "Fantastico! Ma cos'è?"

"Il meccanismo originale", le spiegò Paolo solenne, "fu rinvenuto ai primi del Novecento da un certo Elias Stadiatos, un pescatore di spugne. Si era immerso a una profondità limite per l'epoca, quaranta metri. I vecchi marinai di Antikythera raccontavano che Elias sbucò dagli abissi terrorizzato. Giurò d'essersi imbattuto 'in un mucchio di donne nude morte'."

La mandibola di Sheik non sostenne l'emozione e la bocca rimase spalancata.

"Gesù! e chi erano queste?" fece Speranza arruffandogli i capelli che sembravano lavati nell'inchiostro nero.

"In realtà erano statue di bronzo e di marmo, tra cui il celebre Efebo del Museo d'Atene. Si trovavano a bordo di una nave del 70 a.C. che faceva la spola tra Rodi e Roma. Nel tesoro d'arte, riportato casualmente alla luce da Elias, il reperto straordinario era questo meccanismo. Invece, finì nascosto in un polveroso scaffale secondario del Museo Nazionale."

"Com'è possibile?"

"Vedi?" accarezzò la riproduzione. "Ogni ruota rimanda a un altro ingranaggio. Un calendario, un astrolabio, una bussola, e tutti interagiscono in un linguaggio universale. Ecco perché è stato definito il primo computer dell'umanità."

"Appunto. Se fosse stato autentico, il Museo d'Atene avrebbe dovuto portarlo in trionfo."

"No, avrebbe dovuto chiudere. Meccanismi di questo tipo furono inventati millecinquecento anni dopo. Per cui non esiste. Non *deve* esistere. Lui è uguale a noi, amore. Fuori posto. Li chiamano così: *Oopart*, Out Of Place Artifact. Manufatti fuori posto. Oggetti fuori tempo, fuori luogo, fuori della Storia."

Si guardarono comprendendosi senza parlare, come gli angeli.

– *20:03:15*
Lo schermo si trasformò in una scacchiera. Su ciascuna casella il Principe e Lesbia si giocarono la loro partita di sesso.

Indossavano soltanto microcamere: alla fronte, sul pube, nelle palme delle mani. Generavano otto caselle in movimento, otto angolazioni diverse per eccitare le fantasie addormentate del mondo e trascinarle sul letto profanato di Speranza, in un'orgia in diretta.

Dalla regia di Via Vouliagmenis, ogni tre secondi, schioccava il pollice di Christos. Ordinava alla stadycam madre, imbracciata da un cameraman appostato in camera da letto, d'inquadrare l'amplesso di lato, dall'alto, dal basso, in un assedio rotante.

Altre volte, il regista privilegiava un fotogramma girato dagli amanti: il guizzo di una lingua, il gioco dei dorsali sulla schiena arcuata di Alexandros, un balzo da pantera di Lesbia sul materasso sventrato. L'immagine prescelta invadeva gli schermi per frantumarsi in otto nuove brucianti caselle.

Nella sala regia di Atene la tensione cresceva con le inedite prospettive esibite dai due corpi nudi, che s'intrecciavano in ardite posizioni, proponendo alla vista dell'altro e del pubblico, porzioni nascoste del corpo che nessuna parete di specchi avrebbe saputo ritrarre, né lo stesso amante ripreso compiacersi di possedere.

Nel gioco di sesso e piume svolazzanti, la componente artistica era minoritaria. Trionfava la pornografia pura nella sua evoluzione più parcellizzata. Lesbia e il Principe smerciavano tagli di carne e null'altro, ma da macelleria di lusso.

Alexandros sedette a gambe incrociate in attesa di ricevere la sua nera creatura. Lei planò a palme aperte, in modo da offrire alle fan l'illusione d'entrare nell'idolo greco. S'incastrarono come vagoni di un treno perduto.

Ripresero il viaggio nel corpo dell'altro avendo cura di non lasciare nessuno spettatore a terra.

Arrivarono in massa.

– *18:59:71*

"Il poeta passeggiava nel camposanto della collina di Spoon River", spiegò Speranza ai suoi ragazzi. "Immaginò che i personaggi qualunque, sepolti e dimenticati, narrassero al visitatore straniero la propria storia. Ogni lapide, una poesia. E Spoon River, la sperduta Spoon River, si trasformò in un meraviglioso concerto di anime che cantavano la Storia degli Stati Uniti."

"Come Dante?" intuì Sheik.

"Bravo. Una Divina Commedia americana. Il poeta si chiamava Edgar Lee Masters. Vi va se ne leggo una? Chi parla è una maestra come me che dal cielo si preoccupa ancora per uno dei suoi ragazzi, uno come voi", istintivamente si rivolse a Sheik: "il più amato."

La sua voce risuonò con una vibrazione nuova, era un'onda lunga e avvolgente. E la classe s'immedesimò in Emily Sparks.

Dov'è il mio ragazzo, il mio ragazzo –
in quale parte del mondo?
il ragazzo che amavo più di tutti nella scuola? –

> *io, la maestra, la vecchia zitella, il vergine cuore,*
> *che di tutti avevo fatto miei figli.*
> *Giudicai bene il mio ragazzo,*
> *ritenendolo uno spirito ardente,*
> *smanioso, istancabile?...*

Nell'elicottero in volo sull'Egeo, lo scrittore bengalese distrasse lo sguardo dalla Grande Rete e contemplò il mare notturno. Onde crespe e spumeggianti, ritagliate da una luna brillante, liberata. Gli occhi di Sheik non riuscirono a metterla a fuoco, gonfi d'acqua e di nebbia.

> *... Oh, ragazzo ragazzo, per cui pregai e pregai*
> *in tante ore di veglia la notte,*
> *ricordi la lettera che ti scrissi*
> *sulla bellezza dell'amore del Cristo?...*

Al primo banco, Sheik ricordava perfettamente. La lettera era arrivata al Policlinico due mesi prima da una città chiamata Gerusalemme. L'aveva nascosta nel portafogli, se lo sfilò dalla tasca per controllare. Possibile che invece della maestra, gliel'avesse spedita quel grande poeta americano?

"Vi piacerebbe scoprire chi era il ragazzo di cui la maestra aveva perso le tracce?"

La 2ªB era curiosa: "Sì!"

Speranza girò pagina: "Ormai anche lui era diventato vecchio. La vedete la piccola lapide di Spoon River? Quella tutta annerita dal tempo, lassù?"

Sheik guardò con tutti gli altri l'angolo del soffitto

indicato dalla professoressa. Ma vide solo una ragnatela. Si stropicciò gli occhi.

"Su quella lapide, se la lucidate per benino, troverete le lettere del suo perduto nome. Si chiamava Reuben Pantier." Speranza lo pronunziò come se dicesse: "Nella giungla nera!"

Nessuno si perse un verso.

Il comandante Karamanlis sbirciò il dirottatore. Le labbra di Sheik si muovevano senza suono.

Speranza attaccò, dolcissima:

Sì, Emily Sparks, le tue preghiere non furono sprecate,
il tuo amore non fu tutto vano...

Poi, la voce di Sheik incuriosì il pilota.

... Io devo tutto ciò che fui in vita
alla tua speranza che non volle disperare di me...

"Che hai detto, papà?"

La bambina gli posò il mento sulla spalla sinistra. Sheik scosse la testa. Tacque. Si girò di profilo, naso contro naso, le diede un colpetto: "Ti piace la poesia?"

"No", rispose la Speranza d'oriente. Gli schioccò un bacio.

L'elicottero si avvitò, investito da una violenta corrente laterale. Precipitarono in un vuoto d'aria di venti metri.

"Papà aiutami!"

Karamanlis riuscì a riprendere quota a un palmo

dalle onde, e il pallido Sikorsky, con un cupo ruggito, virò sul canale di Kythera.

Lesbia, fece esplodere un cuscino di piume, nuda.
"Questo e altro oggi a *Cookies*!"
Si udì il verso animalesco del Principe, fuori campo:
"Pubblicitàaa."
Risate.

– *16:22:32*
Venerdì 9 Febbraio 2001, come ogni fine settimana, la professoressa Adamoli rovesciò la lavagna per aggiornare il *Manifesto del No*. Tutti inforcarono i pennarelli rossi, mettendosi in coda dietro Oriani, che si voltò facendo il verso della foca.

La classifica dei *No* più gettonati sul cartone giallo incollato alla lavagna, era la seguente:

No
Ai ladri di bambini
Alla puzza
Alla guerra mondiale
Ai cani abbandonati
Ai compiti a casa
Alle mine antibambino
Al traffico di Roma
Alla Juventus
Alla mucca pazza
All'inverno

Tra i No da un solo voto, ce n'erano di bizzarri: *Agli asciugamani rosa zozzi.* Poetici: *Ai pescatori di ca-*

vallucci marini. Apocalittici sgrammaticati: *Al Giudizzio Universale*. Emblematici: *Ai sentimenti intimi*. Tragici: *Alla fine di tutto*. Romaneschi: *A li mortacci tua*. Controrivoluzionari: *Ai No*.

Speranza li conservava tutti, compresi i Manifesti del 1999-2000, e non li giudicava mai.

"Il No è libero", insegnava. "Il Sì: no."

Quando Giada, Normanni, Burlando, e l'altro extracomunitario della 2ªB, Mariola, la figlia dell'ambasciatore albanese presso la Santa Sede, scrissero uno dietro l'altro: *No a Sheik*, la professoressa andò fuori giri. Li definì "razzisti" e "figli di papà con la puzza sotto il naso e i miliardi in bocca", frenandosi a stento dal lanciargli parole più violente.

Non si era accorta che, nel frattempo, Oriani aveva scritto *No a chi ci vuole cambiare*, e Battistelli: *No alla Leopardi, W le antenne della TV*.

Dopo la sfuriata di Speranza, toccò proprio a Sheik.

Sotto la lista di chi lo rifiutava, scrisse:

No alla Maestra.

Ripiegò verso il banco con un triste sorriso di complicità a Giampiero Normanni e Giada Scalìa, che si sgomitarono, biondi, vincenti, alla moda come gli eroi della pubblicità dei gelati.

La maestra di vita si chinò sul banco:

"Perché no a me?"

"Tu mi fai essere diverso due volte. Io voglio diventare come loro."

"Sbagli."

Sheik sbatté il vocabolario sul banco:

"E vattene via con gli sfigati come te!"

Speranza si guardò intorno, perduta.
Sedici anni dopo, lo scrittore bengalese trasse ancora un sospiro di colpa.

XII

Caffè Nikolaos
Quartiere della Plaka (Atene)
– *15:11:99 al verdetto finale*

Il *Kafenìon Nikolaos*, nel 2017, era l'Internetkafè in voga fra i giovani d'Atene. Tutti i tavolini avevano in dotazione tastiere e telecamere rotanti. Si poteva dialogare con gli sconosciuti seduti in sala o al bancone, digitando l'ordine alla telecamera che ne proiettava i volti sui monitor da tavolo, o navigare per i fatti propri nella Grande Rete. Le pareti erano puri schermi. Gli schermi irradiavano *Cookies*.

Attraverso un passaggio segreto – una botola celata da un tappeto in una delle docce del bagno turco – i frequentatori del Nikolaos potevano accedere nella saletta sotterranea, insonorizzata, per partecipare o limitarsi ad assistere alle sfide estreme della roulette greca.

Variante spietata della russa, la roulette del kafenìon della Plaka non prevedeva revolver con un colpo in canna, bensì cerbottane armate da laceranti frecce di metallo con la punta triangolare in lama di rasoio.

Sugli spalti ad anfiteatro, fra gli scommettitori che puntavano sui due sfidanti, Blanca Li, la baby-sitter di Speranza, si giocò cinquanta dollari sul biondo Diagoras. Era il meno sanguinante dei due. L'altro, Moses, il kenyota, anche se più possente, aveva il corpo trafitto come San Sebastiano.

L'arbitro fischiò: toccava a Moses.

Il nero danzò sui polpacci cercando l'angolazione migliore, attento a non scavalcare la linea bianca del ring. Il biondo saltellava speculare, con accovacciamenti repentini e guizzi trasversali, a schivare il colpo in canna dell'altro.

Moses sparò con quanto fiato aveva in corpo. La freccetta si conficcò poco sopra il perizoma di Diagoras, lacerandogli l'ombelico. Nella pelle si schiusero due labbra e il sangue sgorgò a fiotti, eccitando il tifo. Si ribaltarono le percentuali delle quote.

Blanca Li sbuffò dalla scarogna. Poco prima, in una boutique della Plaka, aveva adocchiato un beauty case da duecento dollari. Ci aveva fatto la bocca.

Diagoras soffiò con violenza. Ma la contrazione degli addominali acuì il dolore dello squarcio e la cerbottana gli tremò nelle mani, saettando a sinistra. Fallì il bersaglio. La freccia si conficcò nello schermo, un palmo sopra la fronte di un giovane spettatore seduto sul gradino più alto. Il pubblico schiamazzò.

Fischio dell'arbitro. Moses centrò Diagoras in mezzo agli occhi. Blanca Li si alzò sugli spalti, per andarsene. Ormai la sua puntata non valeva un deodorante Chanel.

In quel momento Lesbia comparve sullo schermo, al termine dell'ennesimo break pubblicitario.

"Che strage questa domenica", sorrise graziosa in un nuovo lungo di seta arancio, lacerando la busta. "I notai mi hanno riferito che soltanto in tre hanno azzeccato la risposta giusta... Era Antikythera, l'ultima e più sperduta isoletta dell'Egeo!" Annunziò il fortunato estratto. "Questa settimana vince il milione di dollari di *Cookies*... Blanca Li Wootang, una cinese in Grecia."

Diagoras dischiuse le labbra dal dolore. La freccia di Moses gli entrò in bocca perforando la gola. Il rasoio a triangolo gli fuoriuscì dalla collottola. Il biondo greco crollò sul ring.

La baby-sitter cinese saltò in trionfo con le braccia al cielo.

Aveva perso cinquanta dollari al *Kafenìon Nikolaos*, ma con il milione di *Cookies* poteva comprarsi la Chanel di Atene.

– 13:45:12

Alle nove e venti in punto di giovedì 1° Marzo 2001, la professoressa Adamoli dettò un compito in classe di stretta attualità.

"Tema. Negli Usa è esplosa una nuova mania: i criminali vendono i loro cimeli all'asta in Internet. Video, pugnali, ciuffi di capelli delle loro vittime vanno a ruba in rete. Provate a spiegare perché, ai giorni nostri, i mostri hanno successo."

Dopo aver dato una scorsa a *la Repubblica*, passeggiò tra i banchi, sbirciando qui e là. Ammirò la calligrafia elegante di Giada. *"Mio padre, il più celebre penalista di Roma, dice che..."* Sgridò Bartolomeo Oriani che aveva scritto, chissà perché, asta con l'acca. Oriani, colpito, le rispose con il verso straziante della foca. La professoressa continuò la passeggiatina. Battistelli si era lanciato in un paragone fra serial killer e pesci piraña. Normanni sosteneva che ai detenuti doveva essere interdetto l'utilizzo di Internet.

Speranza sostò alle spalle di Sheik. Guardava fuori a braccia conserte, assente, con la stilografica del nonno Emanuele in pugno. Sul foglio bianco, una sola riga:

"I mostri hanno successo perché i cattivi sono felici."
La porta della 2ªB si spalancò. La preside introdusse in silenzio un personaggio di carnagione scura che si guardò intorno in cerca di qualcuno. Folti baffi neri, lucidi di brillantina, una piccola pancia rigonfia sotto la camicia di seta verde ricamata, giacca nera Armani, occhiali scuri, scarpe inglesi.

La professoressa riconobbe Ananda, lo zio ricco, il mercante di telefonate di Jolarpar.

Sheik si alzò in piedi, gli tremava il mento.

Speranza si accorse che le labbra del ragazzo si muovevano da sole. "Devi reggere", dicevano, "devi reggere."

Aveva capito che era morto suo padre.

Quella fu l'ultima volta che lo vide. Non avrebbe dimenticato mai la piccola testa che s'infilò sotto un petto della giacca nera dello zio, per proteggersi dalla commiserazione della classe.

Per anni e anni le ricomparve l'ultimo sguardo che Sheik le aveva dedicato sulla porta della 2ªB, mentre lo zio Ananda spiegava alla preside che si sarebbero imbarcati sul volo per Dacca delle quindici. Era uno sguardo che non sottintendeva una richiesta d'aiuto, d'affetto, di solidarietà. Non era un grazie né un mediocre addio.

Era un punto interrogativo sospeso nell'universo.

Non aveva saputo rispondergli. Nessuno lo può. Ma per sedici anni, Speranza avrebbe vissuto questo silenzio come una colpa.

Tirato per mano dallo zio, Sheik sparì nel lungo corridoio disadorno della "Ippolito Nievo".

La preside riservò a Speranza un sorriso sollevato. Si corresse al volo con un'espressione di lutto sbrigativo.
"Poverino. Nel suo paese si sentirà meglio", decise.
Applausi.
Pubblicità.

– 12:59:01

Nel cielo di Antikythera si scatenò una bufera di grandine. La cabina di pilotaggio e la cupola parabrezza sembravano presi di mira dalla contraerea. Il pilota, dopo un paio di tentativi d'atterraggio falliti, allarmò la torre di controllo dell'Hellinikon.

Sullo schermo, Speranza aprì il cancello di casa, attraversò il vialetto di ghiaia senza guardare la palma.

Il comandante greco, in attesa della risposta di Atene, si rivolse a Sheik: "Gran personaggio, l'italiana." Accennò con il capo alla bambina indoeuropea: "È la madre?"

"No, ma è come se lo fosse."

Uno sgambetto del maestrale ripiegò il Sikorsky su un fianco. Navigò come un battello ebbro, scendendo di quota. Sulle onde si riallineò, stabilizzandosi.

La palma di Via degli Appennini venne spazzata dall'immagine nitida dell'ufficiale di servizio alla torre di controllo. "Negativo. S-92 Aristotelous, dirigersi su Creta."

Il pilota contemplò nel riquadro la professoressa seduta alla scrivania. Aveva la fronte appoggiata sulle mani intrecciate. Il viso era di una bellezza sconvolgente, così fuori tempo, elegante e discreta, da farsi ignorare, ma l'uomo che se ne fosse accorto sarebbe stato perduto. Ammirò quello sguardo azzurro, di una potenza unica, gettato nel vuoto.

"S-92 Aristotelous? Ripeto, dirigersi su Creta."

"Creta negativo. Emergenza, atterriamo", rispose Karamanlis alla torre dell'Hellinikon. Sorrise alla bambina e a Sheik:

"Riproviamoci", azzardò.

L'elicottero puntò la piazza di Potamos.

— *11:58:90*

Speranza si scosse allo squillo del telefono. Sollevò il ricevitore: nessuno. Lasciò la scrivania, sedette al computer di Paolo. La stanza era diventata il suo studio. Ficcò il naso distratta tra i file del reporter. Cliccò su *Cecenia*.

Attendeva il suo uomo da un momento all'altro. L'aereo da Mosca doveva essere già atterrato a Fiumicino. Probabilmente al telefono era lui, con la pila scarica, al solito.

Digitò il numero del cellulare. Occupato. Sicuramente stava accordandosi con il capo redattore del TG2, o con Rondoni del TG5, o con i montatori di Saxa Rubra.

Scorse velocemente con il mouse il fascicolo telematico. Non aveva idea del servizio che era andato a girare in Cecenia. O meglio, Paolo aveva tentato di spiegarglielo, ma da quando Sheik era tornato in Bangladesh, lei non ci stava con la testa.

Era diventata madre quasi senza accorgersene. La consapevolezza si era affacciata dopo che suo figlio era scomparso, schiaffeggiandole l'anima senza tanti complimenti.

Un catalogo di missili aria-aria, mezzi cingolati e

fucili mitragliatori prodotti da aziende italiane, attirò la sua attenzione.

Navigando fra gli appunti, intuì che Aspes aveva scoperto chi riforniva d'armi gli indipendentisti ceceni.

Il loro bersaglio più illustre, Achmad Kadyrov, era stato nominato capo della Cecenia da Vladimir Putin.

I ribelli gliel'avevano giurata.

Kadyrov era proprio l'ex Muftì della repubblica ribelle che aveva dichiarato la guerra santa contro i russi. Per gli indipendentisti ceceni: un venduto.

Il servizio di Aspes non era centrato tanto sull'escalation di attentati contro Kadyrov e gli altri funzionari "fantocci" filorussi, quanto sugli oscuri traffici d'armi tra l'Italia e il leader delle forze ribelli, Bassaev.

Al trillo prolungato del citofono, Speranza sorrise di sollievo. "Le chiavi", cantilenò. Paolo le aveva dimenticate chissà dove, al solito. Schiacciò il pulsante senza neanche rispondergli e spalancò la porta.

Saliva di fretta, evidentemente aveva lasciato i bagagli sulla Citroën per correre ad abbracciarla. Lo canzonò facendo il verso al fiatone maschile nella tromba delle scale.

Una bionda la tirò dentro l'appartamento, abbracciandola così stretta da farle male. Riconobbe la moglie di Paolo, e non senza imbarazzo tentò di svincolarsi dalla morsa. Sembrava in preda a un'eccitazione incontenibile.

"Calmati", le impose. "Piantala!"

Flaminia indietreggiò, barcollando ubriaca.

A Speranza sembrò un pupazzo del Carnevale di Viareggio.

Le allungò la mano, amichevole: "Che succede?"
"Paolo è morto."
"Ma che dici?"
Vide muoversi la porta di casa, non riuscì a comprendere come fosse possibile che le venisse addosso. Nel preciso istante in cui capì che era lei a cadere, e Paolo non avrebbe potuto reggerla mai più, perse i sensi.

Quando si riprese dal collasso era sotto maschera d'ossigeno su un'ambulanza diretta al Policlinico.
Flaminia le carezzava le mani.
"Come?" chiese.
"Un attentato."
Si nascose dietro le palpebre chiuse.

Il mattino seguente, mercoledì 15 Marzo, la preside presentò alla classe la supplente, professoressa Bortoli, una signora polverosa con l'accento toscano.

"Come sta la professoressa Adamoli?" si preoccupò Battistelli.

"Ha l'influenza, ma si rimetterà presto", mentì la preside.

La Bortoli aprì il registro proponendo agli studenti di fare conoscenza. Puntò il dito sulla lista dei cognomi a occhi chiusi, per essere spiritosa.

"Oriani!"

Una foca rispose.

All'alba di giovedì, una luce violacea irrorava la cucina di Via degli Appennini.
Speranza era seduta per terra, nuda.
Si tagliò i capelli a ciocche con una forbice da sarto.
Il pavimento divenne un piccolo lago nero.
La luce nella stanza declinava.
Rimase immobile tutto il giorno.
Fissando la palma.

– 10:00:79

Il Principe carezzò i lunghi capelli sparsi sul cuscino giallo. L'involontario gesto di tenerezza per l'italiana lo scombussolò. Lesbia, in un angolo, pensò stesse scherzando. Aggrottò la fronte: "Che gli ha preso?" La costumista si strinse nelle spalle.

Speranza aprì gli occhi.

Alexandros ritrasse la mano dalla sua fronte gelata. L'osservò come una mano di estranei. La chiuse a pugno. Quella continuava a fissarlo. Lui vide un mattatoio. Uno dei vitelli era una donna. Batté tre volte il bastone per terra, disinvolto. Le labbra non sorrisero all'ordine, gli tremarono in un assurdo tic. Occultò la smorfia con la mano.

"Consigli per le vacanze", suggerì alla uno. Lo spot dei *Viaggi nella mente*. Ne approfittò per chiudersi in bagno. S'inginocchiò al water. Rigettò tutta la tenerezza trattenuta, l'amore non dato. Si era commosso per la prima volta in vita sua e non capiva che diamine fosse. Tirò lo sciacquone.

Nella pozza d'acqua tornata limpida si stagliò una forbice aperta in un laghetto nero. I ciuffi galleggiarono sull'acqua.

Alexandros tuffò la mano. Si rialzò dal water osservandosi le dita. Stavano carezzando una ciocca di capelli. Temette di averli vomitati con la forbice.

Aprì il rubinetto del lavandino insaponandosi frenetico. Il ciuffo nero si avvitò nel gorgo. Il Principe si guardò allo specchio. Nella cornice azzurra uno sconosciuto lo fissava terrorizzato.

Dagli altoparlanti di studio si diffuse la sigla dell'intervista finale. Era *Il carnevale degli animali* di Saint-Säens: la marcia reale del leone.

"Alex siamo in onda."

Il Principe distese le spalle stirandosi il collo. Aprì la porta glissando l'atteggiamento di commiserazione di Lesbia. Si sentiva una merda per aver peccato d'umanità.

"Va tutto okay, Mounaki", la rassicurò asciugandosi la bocca sul dorso della mano. Afferrò il bastone e trafisse sulla mensola un pupazzo verde impolverato tra i flaconcini di shampoo ed i profumi.

In corridoio, Lesbia gli gettò un'occhiata senza vita:

"Fattela."

Il Principe annuì. Aveva ritrovato se stesso.

Raggiunse il divano, spense il mantello elettrico che ricopriva la protagonista e la schiaffeggiò con la punta del bastone.

Speranza osservò la verde e ripugnante vespa-robot.

"Che affare è?"

"Un *Transformer* di Sheik", lei rispose.

"Giocavamo con questi?" Staccò dal bastone il mostriciattolo di gomma, lo sezionò rigirandoselo fra le unghie smisurate.

La vespa si trasformò in un teschio, in un soldato, in un missile.

"Non dovevamo farvi giocare con i mostri."

"Perché?" chiese lo showman.

"Perché lo siete diventati."

Il Principe batté le mani con milioni di seguaci.

"Glikia mu", biscottino, la redarguì con l'indice viola. "Sei nata maestra e maestra morirai. Non credi sia il momento di fare mea culpa?" Si percosse il petto con enfasi mistica.

"Te la sei data a gambe, lasciando i connazionali nella merda. Non avevano le tue stesse opinioni, si capisce. Dove sono i tuoi ragazzi, signora maestra? Che ne è stato di loro? Avevi i tuoi lutti da digerire, vigliakkina. Credi d'essere l'unica? Sei debitrice allo Stato italiano di sedici anni di latitanza civile. Allo Stato greco di esserti scavata questo buco nero clandestino. La siringa della salvezza, chi la paga?" Alzò al cielo l'antidoto, sacerdote con l'ostensorio.

"Il pubblico sta per votare", si sovrappose Lesbia. "Su o giù?" Rovesciò il pollice.

"Vox populi, vox dei", sentenziò Alexandros. "La ragione è nel numero. Il numero è nelle mani della Grande Rete Interattiva. Tu lo sai, sì?"

"No, la democrazia è nei valori, se i valori diventano fatti", rispose.

"Pii desideri, sexbomb. La Storia l'ha dimostrato. La democrazia porta in un vicolo cieco. In natura non esistono valori. Il cosmo è un mero fatto. E anche tu sei 'fatta', o sbaglio?"

Speranza udì lo xilofono che accennava alla *Danza macabra* di Saint-Saëns. Sulla poltrona di fronte le comparve Paolo. Dirigeva l'orchestra con le dita. Si distolse dall'allucinazione. Doveva cercare di rimanere lucida fino alla fine.

"Quindi, depresso biscottino?..." Il presentatore infilò una mano sotto il mantello, scoprendola. Carezzò una coscia nuda. Lingueggiò alla tre. "... Perché non hai fatto il tuo mestiere, Professoressa Fallimento?"

"Stavo creando dei piccoli diversi. Sarebbero stati facilmente divorati, da adulti, dai mostri autentici, voi. Figli dei Rifatti. Cresciuti a Pokémon ed ecstasy."

Il Principe alzò gli occhi al cielo.

"Mi credevo sola, sbagliavo. Avremmo dovuto resistere. C'eravamo nascosti. Non sapevamo di essere in molti. Ci sentivamo nudi e soli, senza fratelli, privati di ogni ideale. Avevano finito per convincerci che dovevamo vergognarci delle nostre emozioni, della passione civile, della rivolta. Della nostra Storia. Chi non voleva farsi addomesticare, si tirava da parte, muto. Che errore. Non parlo per me, per noi. Parlo per loro, i figli, voi. Non eravate più ragazzi d'emozioni e di sogni, fatti di carne e speranze. Stavate diventando immagini d'altre immagini, vite trasparenti. Ombre. Vi abbiamo lasciato inghiottire tutto, omicidi girati da opere d'arte, cartoni giapponesi che v'insegnavano la dittatura della forza sulla ragione, a quindici anni vi dopavate in palestra. Dai telegiornali imparavate che i politici si erano svenduti il Paese a colpi di tangenti. Chi li accusava diventava accusato. Ne avete dedotto che la vita degli adulti era marcia e il marcio era la normalità. Avremmo dovuto trovare il coraggio di limitare la vostra onnipotenza dilagante.

Trovare il tempo – perché il tempo si trova, se si possiede se stessi – di contenere i vostri sì a tutto, d'insegnarvi l'arte del No. Avremmo dovuto allenarvi a sviluppare i muscoli più tenaci, quelli che si esercitano sui romanzi, nelle passioni letterarie alte, nel confrontarsi con i grandi del pensiero, con la rinuncia, nello sforzo, nell'assolvimento inevitabile del proprio dovere. Non avremmo dovuto arrenderci così ipocritamente al trionfo del mondo virtuale, al permissivismo contrabbandato per libertà, alla dittatura dei soldi, del superfluo, del Nulla."

"Ma va?" Il Principe sbadigliò.

Scrisse *Retorika* sul muro con lo spray.

Pubblicità.

– 7:44:11

Negli ultimi sprazzi dello show le lasciarono completare la sua storia, in attesa del verdetto popolare.

"Vado a salutare i miei ragazzi."

La piccola preside s'incupì, dispiaciuta; non sapendo che dire si ammirò la pietra.

"Grazie di tutto e mi scusi", soggiunse la Adamoli.

La preside scosse la testa:

"Lei è troppo sensibile, ci ripensi."

Speranza attraversò il corridoio, si bloccò davanti alla 2ªB.

La supplente toscana stava recitando improbabile un verso di Dante come Virna Lisi in una famosa pubblicità.

"Ma così l'odieranno", pensò. Afferrò la maniglia, l'abbassò, poi, piano piano, la riportò nella posizione originale.

Il bidello, al cancello d'ingresso, fece l'indiano. Non era un patito della solidarietà.

Dalla strada, Speranza lanciò un ultimo sguardo alla sua classe. Normanni la stava spiando dalla finestra. Gli fece ciao con la mano.

Sul vetro appannato, Normanni scrisse due lettere col dito: *Sì*.

L'elicottero atterrò sulla piazzetta di Potamos.
Il barista, che stava abbassando la saracinesca, assistette all'atterraggio con i capelli dritti e la schiena al muro.
Sheik si precipitò fuori dal Sikorsky, gli corse incontro piegato in due. "Dove si va per la casa del faro?"
Quello, terrorizzato, gli indicò il viottolo inerpicato sul baratro. Sheik affidò la bambina a Karamanlis e affrontò la salita. Un lampo la fotografò.
Lo scrittore estrasse dalla tasca interna il cellulare e lo sintonizzò sulla Grande Rete Interattiva.
Speranza apparve nella navata di una chiesa. Immobile accanto all'acquasantiera. Il cappotto di Paolo le arrivava ai piedi.
Sheik capì che il flashback sul piccolo monitor si riferiva ai funerali di Aspes.
Cominciò a correre sotto la pioggia.

Nei banchi nessuno, tranne Flaminia, la brunetta dagli occhiali di strass, la vecchia madre di Paolo contorta dall'artrosi, un lontano cugino impettito.
La consolante e sublime dolcezza degli archi ricamò una leggerissima seta di note che calò nella

chiesa semideserta come un sipario fra la vita e la morte. Poi il soave "Introitus" del *Requiem* di Mozart fu rilevato dal timbro incombente dei fagotti e dei corni di bassetto, che annullarono l'angelico soprano, esaltando l'inevitabilità dell'esistenza.

In quel momento, affannati ed estranei, due addetti alle pompe funebri attraversarono il corridoio fra i banchi con una corsetta, per depositare sull'altare due corone di garofani, della RAI e di Mediaset.

Nello spostamento d'aria provocato dai fiori ritardatari, Speranza non riuscì a trattenere le lacrime.

L'avevano lasciato solo anche all'ultimo.

Il convulso rombo percussivo degli archi del "Confutatis" le spense ogni residua volontà di vivere. Poco dopo, sulle celestiali implorazioni femminili, di contrappunto agli oltraggiosi bassi maschili dei *maledictis*, la visione di Speranza sublimò nella dolcezza estenuata di una memoria felice.

Quaranta milioni d'abbonati della Grande Rete la violarono. E da un immortale terrazzo di Gerusalemme, dove si era consolata con un bacio indimenticabile, si vide scagliata sul divano di Antikythera. Per essere di nuovo offesa dalla luce sprezzante di un giorno qualsiasi, sulla gradinata della chiesa di Piazza Euclide, dove si accorse che la morte non cambiava niente, che l'Italia, nel bar di fronte, sorseggiava cappuccini.

"Perché sei rimasta in fondo?" la raggiunse Flaminia. "Sei l'unica che Paolo avrebbe voluto accanto a sé."

"Lui non sta lì dentro", rispose alla bara nuda che i due di prima caricarono sulla station-wagon.

"Ti ha lasciato una casa in Grecia di cui non conoscevo neanche l'esistenza", l'informò prendendo sottobraccio la brunetta che sorrise malinconica, guardando altrove.

"Allora andrò a viverci", rispose. "Paolo è lì."

Il Principe si abbassò la chiusura lampo e pisciò sulla foto del giornalista gettata sul pavimento.

"Sopa", non parlare, le impose il giovane greco. Si sventolò con un libro. Mostrò la copertina alla uno.

Speranza Adamoli: Dieci favole per dire di No.

"Questa era l'undicesima."

Dondolò le favole stringendole tra le unghie. Aprì le dita. Il libro precipitò nel rigagnolo giallo, schizzandole il volto.

"Ti restano quattro minuti e cinquantotto secondi", l'avvisò. "Non farti illusioni. Hanno imparato la lezione. Contenta?" Le cancellò con l'unghia una goccia d'orina dalle palpebre. "Voteranno No."

Speranza aprì gli occhi con uno sguardo terribile.

Il Principe lo scartò, avvitandosi in una piroetta. Iniettò l'ennesima dose d'acido nel sigaro verde. L'accese e si afflosciò sulla poltrona gialla gettando la testa all'indietro, sfinito.

Eruttò tre cerchietti di fumo violaceo, batté sul pavimento con il bastone, ridendo senza suono come Emanuele Adamoli. Tutto quello che sapeva fare l'aveva copiato da uno schermo.

"Vediamo che t'inventi", disse. Scattò in avanti, sgranandole una delle sue dozzinali occhiate da ipnotizzatore:

"Stupiscimi, Speranza."

Sulla strada di Potamos, Sheik si affacciò nell'abisso con il cuore che gli scoppiava. Era fradicio come le rocce affioranti dal baratro che si risciacquavano nel nero sangue della risacca.

Sbirciò il monitor del cellulare con il fiato mozzato dall'inquietudine. Il battello notturno puntava proprio verso di lui.

Era quello che il 21 Marzo di sedici anni prima, alla stessa ora, aveva traghettato Speranza verso le sponde di un'altra vita.

L'ultimo dei ragazzi di una scuola italiana, forse l'unico a non aver mai dimenticato la sua professoressa, riprese a correre nel tentativo estremo di salvarla dalla dittatura dei numeri.

Dalle vetrate del battello lampeggiava il faro di Antikythera. Speranza era seduta nel ponte interno, illuminato. Unico passeggero. Il viso irripetibile, di un pallore lunare. Avvolta nel cappotto di Paolo come ora nel mantello di Alexandros. Portava i capelli cortissimi. Due valigie gigantesche.

A Lesbia, assidua frequentatrice di cinema d'essai, ricordò la protagonista di un film che aveva vinto il Leone d'oro a Venezia, nel 1993: *Blu*, di Kieślowski.

Ecco a chi assomigliava come una sorella: a Juliette Binoche. Lesbia lo suggerì al Principe, lui alzò le spalle. "Chi?"

E la vita in Grecia si riavvolse frenetica come una pellicola, stordendo il pubblico a casa. Passarono volti incartapecoriti di pescatori dagli sguardi antichi, giovani donne in costume tradizionale di Kythera; si vide un toro con una corona di fiori al collo e zoccoli d'argento, trainato per un vicolo di Potamos da uno stormo di bambini cinguettanti che stringevano strane corde azzurre infiocchettate di rosso. Scorsero veloci gli inverni trascorsi davanti al camino acceso, con il vino rosso e Pessoa, Camus, Flaiano, Kafka e tutti gli altri inseparabili amici che le tenevano eterna compagnia con le parole viventi, dentro casa, sedute. E le estati dondolanti sulla barchetta di Andreas, sotto i faraglioni della casa del faro, nel precipizio struggente della vita che declina, ma resiste, resiste. Si riavvolsero le 472 domeniche libere che la guardia le aveva dedicato, le olive nere delle mesèdes, le melanzane della moussakà, le insalate di feta e cipolle con i pomodori coltivati dalle sue mani. E le favole che aveva scritto per Gallimard, perché in Italia nessuno le aveva pubblicate. E perfino il suo *Favole della disubbidienza* si sfogliò all'incontrario, chiudendosi.

Sedici anni, un minuto.

Una pausa dipinse gli schermi di colori sgargianti. L'audio irradiò un sirtaki. Lo suonava il gruppo di Dora Stratou, il 23 Maggio 2016, a Langadà, vicino Salonicco. Speranza lo danzò con il gruppo di ballerini greci. Andreas l'ammirava incantato.

Nel salotto giallo la guardia rialzò la testa fasciata,

il Principe gli puntò il bastone al petto. Andreas rivide se stesso e una lacrima gli scivolò sul colletto macchiato di sangue.

Il sirtaki si spense sugli applausi. Speranza, raggiungendo Andreas, lo vide armeggiare con una scatolina di velluto blu. La guardia, timido come tutti i puri, si ficcò in tasca l'anello e sfilò le scarpe.

"Non avrai intenzione di farlo, sei matto?"

Andreas, rosso in viso, annuì.

L'Anastena'rias era un'antica usanza di Salonicco: la danza a piedi nudi sui carboni ardenti. Lui volle dimostrare a lei e a tutta Langadà in festa che era un vero uomo. Resistette sulle braci con un sorriso commovente. Quanto ne saltò fuori, si rificcò la mano nella tasca, deciso.

Speranza l'accolse fra le sue braccia. "Quanto sarebbe piaciuta a Paolo questa festa", gli confidò all'orecchio.

Il Principe diede alla guardia un colpetto con la punta armata, ghignando per quell'anello di corallo mai dato, il fidanzamento mai consumato, bianco.

La memoria si riavvolse ancora, gli ultimi giorni sprizzarono solo colori, un rutilante caleidoscopio emotivo, milioni di gocce di vetro rosse, mosaici verdi sgretolati, pensieri azzurri infranti.

– 2:24:03

Domenica 17 Dicembre 2017, alle 22:27, la memoria di Speranza Adamoli fece il punto sul giorno stesso, novantadue minuti prima.

Gli spettatori della GRI la rividero davanti allo specchio azzurro del bagno, alla luce delle candele. Si carezzò il seno arrossendo come una minorenne del Novecento. Sul suo corpo riflesso si proiettò il torace nudo della guardia, immaginato.

Nel salotto della diretta, Andreas comprese che era diventata sua nell'istante stesso in cui l'aveva perduta.

Le fiammelle guizzanti delle candele rifrangevano sulle lievi onde celesti della vasca. Speranza si volse per chiudere il rubinetto dell'acqua.

La coda dell'occhio non l'avvertì della sinistra immagine reale che aveva scacciato dallo specchio la fantasia erotica: le labbra del Principe schiacciate sul vetro. Gli occhi neutri la scrutavano sopra l'ovale appannato della finestra. Riflessi nello specchio.

In corridoio tentò di agganciarsi lo zip della gonna, mentre il campanello suonava, suonava. Aprì la porta guardandosi i piedi nudi con una buffa espressione di rammarico:

"Come vedi sto ancora così."
Il Principe le spense la candela con le unghie.
Un flash da bomba atomica illuminò il salotto a giorno.
Azzerò il suo passato.

– 0:39:57

Il Principe alzò al cielo le palme delle mani per contenere gli applausi scroscianti, registrati.

Lesbia gli porse la busta e la siringa dal lungo ago brillante.

"Tu cosa dici, Mouni, l'hanno graziata?"

La diciannovenne sbirciò la professoressa in agonia. Si strinse nelle spalle, indifferente.

Alexandros aprì la busta con l'ago. Il verdetto l'impressionò. Era un drago dell'audience, tastava il polso al pubblico dall'adolescenza, figlio di un sociologo e di una presentatrice, enfant prodige della Grande Rete. "Che domenica del cazzo", pensò ripiegando il foglio in quattro.

"Speranza Adamoli, classe 1973", esclamò. "Ventisei milioni e duecentosettantasettemilatrecentotré spettatori hanno decretato che la tua vita valeva la pena di essere vissuta."

Lesbia legò il laccio emostatico all'avambraccio sinistro della protagonista.

Il Principe riconobbe, nel lampo stremato dello sguardo di Speranza, l'intrusione della morte. La perentorietà con cui zittisce le ultime cellule petulanti, comari di un discorso chiuso.

Anche se di malavoglia, il presentatore si affrettò a recitare la formula di rito.

Nella sala clandestina di Via Vouliagmenis, i giovani attori del Teatro Panagoulis si azzuffarono incazzati, mentre gli scommettitori innocentisti confluivano ai gabbiotti degli allibratori per riscuotere le vincite. L'interprete della *Professoressa No* che aveva puntato tutto sulla morte, venne circondato dagli altri protagonisti della commedia di Sheik. Lo spintonarono, coprendolo d'insulti.

0:00:00

Sheik intravide la casa del faro illuminata a giorno, sulla collina.
Nel monitor del cellulare guardò il Principe con la siringa fra le unghie che si chinava sul divano giallo.
Lo scrittore bengalese si appoggiò con la mano a uno spuntone di roccia, sorridendo di gioia, il fiato mozzato.

Alexandros stava per infilare l'ago nella vena.
Recitò monotono: "Vuoi la siringa della vita?"
Con l'ultimo slancio di sangue nel polso sinistro, Speranza gli afferrò la mano viola, la rovesciò.
E gli ficcò l'ago in fondo al cuore:
"No", rispose.

Sulla strada fangosa di Potamos, Sheik gettò la testa all'indietro, arrendendosi alla coerenza disperata della maestra.
La pioggia lo battezzò uomo.

Sotto il megaschermo della sala scommesse si scatenò un inferno. I ragazzini del Panagoulis scacciarono con violenza il primo della fila. L'attore che aveva scommesso sulla morte di Speranza sbatté la cedola sul banchetto dell'allibratore. Quello gli protestò la vincita. "Il verdetto era innocentista", decretò. "Il gioco è chiuso." Sbirciò i colleghi con un gesto d'intesa. Abbassarono all'unisono le serrande dei gabbiotti tra i fischi generali.
Il ragazzo sgranò gli occhi al cielo. Lanciò un'altissima maledizione sul santo protettore delle case da gioco.

XIII

Casa del faro di Potamos
Lunedì 18 Dicembre 2017
5:53 del mattino. Ora locale

All'alba del giorno dopo, la stessa pioggia vischiosa che avvolgeva l'Europa aggrovigliava Antikythera in una tela di ragno. Le storie degli utenti, da Londra ad Istanbul, ripresero a incrociarsi nella Grande Rete Interattiva.

Sheik aveva vegliato la sua maestra per tutta la notte.

Non era arrivato tardi. Si erano già detti, ciascuno nella propria vita, le parole che lanciano un ponte sul destino dell'altra.

La troupe di *Cookies* se l'era filata lasciando cavi, foglie verdi di sigaro, una falce.

Lo scrittore bengalese chiuse gli occhi al volto materno.

Prese in braccio Speranza, avvolta nel mantello del Principe, e uscì dalla casa del faro, nel primo sole invernale.

In controluce, scorse la piccola sagoma di sua figlia nel giardino sul retro. Si precisarono i lineamenti di Andreas, di Karamanlis e del barista di Potamos.

Speranza gli saltellò intorno: "Dorme, papà?"
"Sì, amore. Dorme."
La guardia si accostò, aiutandolo a trasportare la maestra nello scosceso viottolo a picco sul mare. L'acqua, nel baratro blu, era tesa e lustra sotto il cielo bianchissimo che sparava goccioline penetranti come punture di spillo.

"Con lei ho imparato ad amare", disse la guardia.
Il barista assentì, testimone di un sogno.

Avevano deciso di riportarla in Italia, con scalo ad Atene.

D'improvviso, una delle finestre ricamate sul mantello si accese, trasmettendo uno spot:

"Era già tutto previsto, malaka", esclamò raggiante il Principe defunto. "A *Cookies* può succedere anche che il presentatore muoia. Da domenica prossima ci sarà chi mi sostituirà. Chissà che nell'immediato futuro non possa presentarvi uno show da dove sono adesso. Che ne dite di un faccia a faccia con Eraclito? Rinnovate l'abbonamento alla GRI. Non vi deluderemo. Mai."

La guardia spense il mantello.

Nella piazza, il barista tirò su la saracinesca. Servì caffè e biscotti. Poi le pale del rotore principale piegarono i cedri nelle aiuole comunali e i cespi di mirto sui davanzali di Potamos, e il vecchio Sikorsky si librò nella brezza gelida con una piroetta da principe, guadagnando le nuvole passanti.

Sul Golfo di Petali, a poche miglia da Atene, la bambina seduta a fianco del pilota si guardò alle spalle.

Sheik le fece una specie di sorriso.

Speranza intravide, distesa sui sedili posteriori, la sagoma della protagonista di *Cookies*.

La signora, della quale portava il nome, dormiva ancora.

"Perché non provi a riposare un po'?" le chiese il padre.

Speranza non aveva intenzione di chiudere gli occhi. Decise che da grande non avrebbe dormito mai.

Contemplò felice il mondo dal cielo:

"No."

Ringrazio
STEFANO MICOCCI
per la preziosa collaborazione
PAOLA ROLI
per l'assistenza e le ricerche
FRANCO RISPOLI
per aver rivisto insieme la stesura finale

No è stato scritto dal 13/11/ 2000 al 15/1/2001.

Se negli spazi bianchi tra una riga e l'altra
avete sentito urla di guerra indiane,
erano dei miei bambini Francesco e Michele.
Vi domando scusa, ma se non fossero nati
anche *No* non avrebbe visto la luce.
Certe storie, certi amori,
si tramandano solo
perché possano sempre rinascere
contagiate da nuovi valori.

d.c.

Lunedì 15 Gennaio 2001
Ore 23:59:00

I GRANDI Tascabili Bompiani
Periodico quindicinale anno XIX numero 791
Registraz. Tribunale di Milano n. 269 del 10/7/1981
Direttore responsabile: Francesco Grassi
Finito di stampare nel giugno 2002 presso
il Nuovo Istituto Italiano d'Arti Grafiche - Bergamo
Printed in Italy

ISBN 88-452-5153-5